Lin Schiavo Pontalto

Palermo Giallo Shurùq

ISBN 978-0-244-50438-0
Seconda Edizione 24 luglio 2019

Lin Schiavo Pontalto

Palermo Giallo Shurhùq

Romanzo

Lulu

Lin Schiavo Pontalto   Palermo Giallo Shurùq

È una prosa che sa essere vento,
Shurhùq, il vento di Scirocco,
che percorre piazze
sotto il mantello fosco del cielo,
che conosce segreti,
blandisce palme e fontane
e vite di uomini e donne.

Dolores Mancosu

Lin Schiavo Pontalto   Palermo Giallo Shurùq

Recensioni alla prima edizione
(Lia Schiavo, Palermo Giallo Shurùq, Davide Zedda Editore, maggio 2011)

Palermo giallo Shurhùq, di Lin Schiavo Pontalto: un libro bellissimo. Un giallo, avvincente e trascinante, ma soprattutto una bella storia. La trama, che si sviluppa lentamente, profondamente, senza mai un'indecisione né una incertezza, è soltanto una parte dell'incantevole mosaico di quest'opera. Una parte di un insieme più complesso, che è fatto di descrizioni incantevoli e di personaggi tratteggiati con una maestria davvero unica. Palermo, protagonista mai invadente, è uno sfondo vivo e vitale: da amare, ma mai icona o cartolina. Una città quale essa è, nobile che geme sulla sua decadenza ma che conserva la bellezza innata dei suoi tratti. I personaggi sono veri, reali, credibili. Mai scontati, ma intensi nel loro sentire e nei loro problemi mai diluiti dalle esigenze della trama. Il tratteggio dei personaggi in Lin Schiavo Pontalto è un elemento davvero impressionante. Persino figure appena intraviste su di un autobus, dipinte in due righe, assumono una veridicità assoluta. Pur in questa meraviglia letteraria, l'essenza di "giallo" è perfettamente rispettata, con rigore assoluto. E con l'aggiunta di una pennellata incantata di elementi esoterici, che ne arricchiscono il fascino senza deformazioni di genere ma con un po' di simbolismo ulteriore. Un libro da leggere, assolutamente.

Stefano Marchesotti

Una prosa che sa essere vento, Shurhùq, il vento di Scirocco, che percorre piazze "sotto il mantello fosco del cielo" , che conosce segreti, blandisce palme e fontane e vite di uomini e donne. Una prosa che dice una città, Palermo, sospesa tra un tempo che non muta e l'eterno divenire, spazio della Storia e di ogni storia. Un Giallo , ma anche lo snodo di un'interiorità sofferta, quella di Adele, la protagonista. Immagini di forte ed intensa bellezza, fatte di voci e di suoni di una terra languida che parla di sole e misteri. Il fine merletto del dire, l'arte di dipingere con pochi efficacissimi tratti gli spazi interiori e i luoghi dell'esistere fanno di Palermo Giallo Shurhùq di Lin Schiavo Pontalto un'opera di straordinaria bellezza in cui la trama avvincente del noir si accompagna ad una intensa rappresentazione di un mondo che sospende ed incanta.

Dolores Mancosu

A Palermo fa molto caldo. E quando soffia il vento di scirocco l'aria si fa irrespirabile. Vorresti che passasse subito ma sai già che durerà alcuni giorni. I colori si trasformano. Il rosso sfuma nel giallo che diventa il colore della città in senso non soltanto metaforico. Lin Schiavo Pontalto coglie scorci, luoghi, persone, caratteri e li descrive in un romanzo che ti prende subito, a tratti inquietante come la città in cui è ambientato. E' un giallo ma non soltanto. E' una storia che è la storia di sempre di questa città. Bella, bellissima ma talvolta orribile come lo scirocco che avvilisce e tormenta. Arrivi in fondo al libro e ti resta una strana sensazione. Provi anche un po' di amarezza. Forse perché hai terminato la lettura e ti sarebbe piaciuto continuare. O forse perché lo scirocco ti ha stremato e ti ha lasciato senza respiro. Come questa città, che Lin Schiavo Pontalto conosce e che, pagina dopo pagina, cominci a conoscere e capire anche tu. Come se fossi lì. A soffrire il caldo e sentire il soffio del vento. Ed allora i palazzi ed i luoghi ti sembrano ormai familiari anche se non li hai visti mai. E vorresti andarci. Anche se sai che dovrai soffrire il caldo insopportabile ed incessante dello shurùq.

Francesco Bruto

Prefazione

Palermo Giallo Shurùq è nato, direi, per germinazione spontanea: non ci sono stati apporti di nessun tipo, non letture che mi abbiano fatto venire l'idea di scriverlo, non particolari avvenimenti, nulla di tutto questo.

La sua stesura è stata supportata dalla tensione emotiva che esiste tra me e la mia città, Palermo. Devo confessare che di Palermo non amo ogni cosa, non mi commuove la sua eterna condizione di ex caput mundi, la sua sindrome da trono perduto, la sua rabbia di grande cortigiana spodestata o l'arroganza che nel tempo hanno ostentato alcuni suoi cittadini.

La tensione emotiva che mi lega forte alla città è quell'aria che ha da bambina orfana, dimenticata in un asilo per poveretti, dove assistenti distratti dimenticano perfino di ripulirla e di darle da mangiare regolarmente…, eppure lei sogna, anzi finisce con lo sbagliarsi e scambia la realtà con i suoi sogni lunghi, accucciata ai piedi dei suoi palazzi in rovina, laggiù, dentro il suo cuore antico.

Così, una mattina di un giorno come tanti ne vivo, mi son messa a scrivere di Adele, una scombinata ragazza di quarant'anni che vive alla stessa maniera della sua città, orfana di padre, con una madre distratta, con un avvenire ormai negato, con una vita che scambia i sogni con la realtà. La mattina del 22 maggio, tornando a casa, in Via Argenteria Vecchia, al centro dell'antico mercato della Vucciria, Adele trova la polizia davanti al suo portone. Da lì, la ragazza avrà a che fare con degli omicidi che non stanno né in cielo, né in terra. Da lì avrà modo di conoscere gente inquietante che la mette in forte disagio col suo piccolo mondo, un mondo che credeva statico e rassicurante. Sempre da lì, in quel giorno di maggio che promette scirocco, Adele fugge via, lascia il mercato della Vucciria per trovare rifugio nella villa di Mondello, dove vivono la governante, il giardiniere e il cane. La madre vive da sola in una zona elegante della città, così la ragazza pensa di poter stare tranquilla, lontano dai fatti di Via Argenteria Vecchia. Ma così non sarà. Le cose si ingarbugliano e una trama fitta di misteri la travolge completamente. Un secondo omicidio la catapulta dentro un mondo dove anche le persone che pensava di conoscere molto bene, assumono una nuova dimensione. L'esoterismo s'intreccia e si mescola vertiginosamente con la vita reale e lei ne resta prigioniera senza una via d'uscita possibile. Ad accompagnare Adele in questo percorso bizzarro sarà il commissario Patania, un agnostico, un uomo che ha fatto della razionalità la chiave di volta della sua vita intima e professionale.

La storia inizia e si conclude in tre giorni di scirocco che strema, che mette in ginocchio la città e gli uomini, L'ultimo atto si svolge sulla Rocca di Cefalù in un'atmosfera che raggiunge la catarsi del sogno.

Lin Schiavo Pontalto

Capitolo Primo

Dal lastricato in basole grigie, si alzava un velo leggero di fumo, segno che le strade infangate del mercato si stavano asciugando al sole improvviso di maggio. Un mese di maggio piovoso e grigio che raramente se ne ricordavano di uguali. Era mezzogiorno. Adele Papi aveva passato la notte da una lontana cugina che le aveva chiesto aiuto per la tesi di laurea; la poveretta si era arenata sulla funzione sociale dell'urbanistica nella Palermo del Novecento, e insieme avevamo lavorato fino alle due di notte. Da molti anni fuori corso, non particolarmente dotata per l'architettura, Gabriella aveva scelto quella facoltà perché pensava fosse meno difficile delle altre. Risultato: dopo dieci anni stava per laurearsi. Bassa e grassa, era la classica ragazza che nessuno si fila. Aveva sofferto, in passato, di una forma d'ansia molto forte e col tempo era diventata silenziosa e musona. Adele non aveva passato una bella serata, ma l'aiuto che Gabriella le aveva chiesto non era riuscita a negarglielo. Arrivata davanti al portoncino della casa di via Argenteria vecchia, 35, un secondo piano con tre stanzette, un cucinino e un bagno, condivise con due studentesse, si accorse con stupore che alcuni gruppetti di sfaccendati cercavano a tutti i costi di penetrare nell'oscurità quasi totale dell'androne. Si

15

fece largo a gomitate e, salite di corsa le due rampe di scale, trovò la porta di casa soltanto accostata e la radio accesa, come se qualcuna delle sue coinquiline fosse uscita in fretta, cosa mai successa prima d'allora. Dal terzo e ultimo piano veniva un certo trambusto, gente che andava e veniva da una stanza all'altra, voci che non aveva mai sentito prima. Entrò in casa, chiamò ad alta voce sia Teresa che Marzia, ma nessuno rispose. Le cercò ovunque, ma delle due coinquiline non v'era traccia; di questo non si meravigliò più di tanto, conoscendo le loro abitudini. Marzia, la studentessa di lettere, usciva alle sette per andare in facoltà, e Teresa, la sua collega, la seguiva dopo circa mezzora, visto che ci metteva un po' di tempo a imbellettarsi davanti allo specchio tondo del bagno. Durante quell'operazione, alla quale prestava massima cura, ascoltava la radio e ripeteva a squarciagola le canzoni trasmesse. Era stonata come una campana rotta, ma cantava ugualmente. A casa non avevano telefono, ognuna di loro possedeva un cellulare, quasi sempre senza credito, e con quello si comunicava con parenti e amici. Anche quella mattina il cellulare di Adele era fuori credito per cui la ragazza si chiese cosa avesse potuto fare per contattare le coinquiline. Pensò di salire dalla signorina Bella Jelacq, al terzo e ultimo piano, per capire cosa caspita fosse tutto quel trambusto e per chiedere il favore di farle usare il suo telefono, anche se l'idea non le piaceva per niente.

Con quella donna di mezza età, di lontana origine tunisina, viso scuro e capelli giallo grano, volgare, sgarbata e in odore di malaffare, nessuna di loro aveva mai avuto niente da spartire. A malapena la salutavano per prime, per rispetto all'età, e la donna, da parte sua, aveva sempre risposto, trascinando sulle labbra rosso fuoco un "giorno" o un "sera", senza nemmeno guardarle, tutta attenta a farsi spazio per lei e per il suo cagnolino, sulla scala stretta dai gradini di lavagna, tutti rotti. Mentre faceva queste riflessioni, Adele si accorse che la stanza era in disordine come non mai: sulla piccola tavola rotonda di plastica bianca, di quelle che si usano in giardino, c'erano ancora i piatti sporchi della sera prima e le tazzine di caffè della mattina, le ciabatte rosa di Teresa stavano proprio al centro della stanza. Radio Montecarlo, l'emittente preferita di Teresa, trasmetteva canzoni inglesi, dall'apparecchio lasciato acceso. Necessitava una spiegazione, bisognava fare la rampa di scale fino al terzo piano e capire cosa stesse capitando in quella strana mattinata. Intanto, l'idea di uscire, fregandosene di tutto, la tentava molto. Il disordine in casa, la porta aperta, e i gruppetti di sfaccendati di sotto, la preoccupavano relativamente. Fuori l'aria diventava sempre più tiepida e il sole metteva un pizzico d'allegria, dopo un'interminabile settimana di pioggia e di vento. L'idea di andare a girovagare alla Marina, sedersi sulla panca a guardare il mare, era troppo forte. Ma ebbe il sopravvento un briciolo di quel buonsenso al quale ormai dava ascolto di rado. Così decise che prima bisognava telefonare alle coinquiline. Si alzò, prese le chiavi e chiuse la porta dell'appartamento. La rampa di scale che portava all'ultimo piano era più luminosa delle altre per via di un lucernario rotondo, abbastanza grande, che si apriva sul tetto. Tutto lassù, al terzo e ultimo piano, era più fresco e allegro. Più pulito. I gradini di lavagna nera erano stati coperti con una guida rossa a fiori, che arrivava fin sulla porta della Jelacq. Alcune piante di plastica alzavano rami e fiori finti sulle pareti della scala, coprendo le macchie di unto e di umidità. La porta riverniciata di verde chiaro era spalancata. Una targa ovale in ottone indicava il nome e la professione dell'inquilina - Bella Jelacq Massaggiatrice -. Dentro, delle figure in tuta bianca, cuffia e soprascarpe, si davano un gran daffare tutto intorno, andando da una parte all'altra della piccola stanza, mentre una donna in borghese impartiva ordini. Un poliziotto si affacciò sul vano della porta con un rotolo di nastro bianco e rosso. Vedendola, si chiese chi fosse e da dove fosse arrivata.

«Signorina, qui non può stare, c'è stato un omicidio».

«Io abito al piano di sotto con due studentesse, ho

sentito dei rumori e sono salita a vedere cosa fosse successo, tutto qui».

Disse Adele con la voce rauca, respirando a fatica per la paura e per l'emozione di trovarsi sulla scena di un delitto. Non chiese nemmeno chi avessero ucciso, la sua preoccupazione più grande era quella di darsela a gambe al più presto possibile, quando sul vano della porta vide un uomo, i capelli brizzolati, vestito con una certa eleganza, che si apprestava ad attaccare alla porta della Jelacq, un foglio di carta con la scritta "Locale sotto sequestro" e altre cose scritte in carattere minuscolo che Adele non riuscì a leggere senza gli occhiali. L'uomo chiese all'agente cosa stesse facendo lì quella ragazza e chi fosse. Ottenuta risposta, le si rivolse, presentandosi.

«Commissario Ignazio Patania, con chi ho il piacere?».

«Adele Papi, come le ha detto l'agente io abito...».

Il commissario la interruppe con fare garbato:

«Infatti, signorina, l'agente ha riferito...».

La guardò da sopra gli occhiali in tartaruga chiara, sentì una certa simpatia per quella tipa vestita senza criterio, spettinata e rossa in viso per una grande agitazione che non riusciva a gestire minimamente.

«Mi dica, signorina Papi, posso farle alcune domande? Andiamo a casa sua, visto che abita al piano di sotto? Qui, mi dispiace, non può entrare, perché la scientifica sta facendo il lavoro di routine. Va bene per lei scendere di sotto?".

«Sì certo, ma è tutto in disordine!».

«S'immagini! La mattina si sa...».

«No».

Fece Adele con la voce sempre più roca, più incerta.

«Mai c'è stato tanto disordine in casa...»

«Va bene, va bene...».

Farfugliò il commissario.

«Adesso parleremo un po', si calmi e si metta tranquilla... andrà tutto bene!».

Una volta a casa, Adele mise il commissario al corrente delle cose strane rilevate quella mattina a casa sua. Parlò della porta trovata semichiusa, della radio accesa e del disordine in giro. Disse che avrebbe voluto chiamare le amiche per saperne di più. Il commissario la informò che al terzo piano avevano assassinato Bella Jelacq, chiese le sue generalità e il suo numero di telefono, prese appunti, le chiese dove si

trovasse alle otto di mattina e volle che le fornisse
tutti i dati relativi alle sue coinquiline. Adele rispose
diligentemente a tutte le domande, disse di aver trascorso la notte dalla cugina Gabriella e di essere arrivata a casa verso mezzogiorno.

«Io adesso la lascio, signorina Papi, ma prima le dico
una cosa importante, cosa che dirò anche alle altre
due ragazze, non appena le avrò rintracciate: si tenga
a disposizione della polizia, resti qui a Palermo, ci
metta al corrente di ogni suo piccolo spostamento,
anche minimo, e ci informi di tutto quello che le succederà, che ne so? telefonate, visite, incontri o anche
sue riflessioni personali su questa vicenda. Ci siamo
intesi? Bene. Molto presto la convocherò in commissariato. Buongiorno».

Adele, quando il commissario era ancora per le scale,
diretto al terzo piano, chiuse la porta alle sue spalle e
scappò via da quel posto che le procurava un malessere crescente, un senso di frustrazione e un'ansia che
non riusciva a calmare. Era appena arrivata nell'androne quando si sentì strattonare a un braccio: era un
bambino sui sette anni, grassoccio e bruno, la voce
bassa che s'impennava a tratti, in rapide corse in salite, tipiche del quartiere.

«Devi venire con me..., subito, non c'è tempo da perdere, ti deve parlare qualcuno!».

E, senza darle nemmeno il tempo di riflettere, la tra-
scinò per la manica, sul marciapiede di fronte, dove
si apriva il retrobottega di una pescheria. Il locale era
criptico, maleodorante di pesce e di deodorante alle
rose. Una caffettiera moka su un piccolo fornello
mandava un profumo forte di caffè che si mescolava
in maniera ignobile agli altri odori. Al centro del bugigattolo, stava una donna sui sessant'anni, il viso
bruno, i capelli tinti di rosso con larghe mèche gialle,
alta e grassa, grandi occhi neri sporgenti, arrossati
dalle lacrime che continuavano a sgorgare e a piover-
le sul doppio mento.

«Si accomodi».

Le disse.

«Lei è l'inquilina del secondo piano, se non sbaglio.
Ha sentito la disgrazia? Io ancora sto tremando. Mia
sorella non se la meritava questa brutta fine!».

Adele rimase sulla soglia, perplessa. La donna la invitò ancora una volta ad entrare, quasi spingendola
dentro, e chiuse la porta. La ragazza vacillò per un
attimo a causa dell'ambiente asfittico e della miscela
di odori che le impediva di respirare.

«Sieda, signorina, non faccia complimenti, le offro
una tazza di caffè, l'ho fatto ora..., io sono Gioia Jelacq, la sorella della povera morta ammazzata. L'ho

trovato io il suo cadavere, ma ora le racconto tutto...,
aspetti, prenda il caffè, prima... i poliziotti mi hanno
interrogata e poi mi hanno buttata fuori come una
cagna rognosa! Io, la sorella! Sempre sbirri devono
essere, falsa progenie! Volevo parlare con lei che mi
sembra l'unica inquilina con la testa a posto, le altre
due non mi piacciono, mi deve scusare ma non ho
peli sulla lingua io! Al primo piano non ci sta nessuno..., così ho chiesto al signor La Corte, il pescivendolo, di ospitarmi qui, per poter parlare con lei! Sbirri, che andassero tutti a farsi fottere, tre ore mi hanno
torturata con le loro domande inutili..., puah!».

E sputò per terra. La donna era rimasta quasi senza
fiato, dopo le imprecazioni contro i poliziotti. Per
qualche minuto rimase senza parlare, gli occhi neri
spalancati sul tetto, l'espressione completamente ebe-
te. Dopo un po' sembrò riprendersi, si chinò sul tavolinetto per versare il caffè bollente dentro una tazzina
in finta porcellana inglese, bianca e blu, con incredibili paesaggi fantastici e tralci di vite tutto intorno.

«Se lo prenda che si rianima anticchia, è bianca come
la cera, mischina!».

Poi, guardandola negli occhi, tuonò:

«Qualcuno, qualche fetente figlio di puttana, me l'ha
uccisa, la mia unica sorella, ma la pagherà, dovesse

23

essere l'ultima cosa al mondo che faccio, lo strozzo io, con queste mani!».

Sbatté la Moka sul tavolinetto rotondo, lucido, con al centro un mazzo di fiori di plastica dentro un vaso rosso e fece roteare sotto gli occhi della ragazza, due mani massicce, coperte di anelli. Sui polsi, enormi, tintinnarono, minacciosi, dei bracciali con medaglie, croci e piccoli corni in corallo. Alla fine Gioia Jelacq cadde sulla poltroncina, spossata. Le lacrime avevano ripreso a scenderle sul viso bruno, grasso, troppo truccato. La ragazza non trovava parole da dire, tutto in quella stanza era pesante e volgare; la donna insisteva per farle vedere la foto a colori della sorella morta, una foto scattata durante un concorso di bellezza.

«Qualcuno le ha tirato sulla nuca la coppa d'argento del concorso, quella con la base in marmo..., un colpo mortale!».

E, tra i singhiozzi, si accese una sigaretta.

«Sembrava che dormisse!».

Cominciò a narrare con voce tuonante.

«Io sono arrivata verso le nove e ho trovato la porta aperta. Già la cosa mi meravigliò molto. Mia sorella era solita chiudere sempre la porta di casa, quando arrivavano o andavano via i clienti... sicuro... richiudeva la porta a chiave, figuriamoci! Sono entrata che mi tremavano le gambe e chiamavo ad alta voce: "Bella, Bella... niente, nessuna risposta. La casa è piccola, sa? così sono arrivata subito in camera da letto e l'ho vista, stesa sul tappeto, la faccia rivolta verso la foto gigante di nostro padre, buonanima, al quale sempre si rivolgeva nei momenti di bisogno..., povera sorella mia! Sembrava che dormisse, come le ho detto. Ho chiamato subito l'ambulanza e la polizia. Il medico disse che era già morta, ad occhio e croce, da almeno un'ora. Se non fosse stato per la chiazza di sangue dietro la nuca, non si sarebbe capito che l'avevano ammazzata. Sembrava che dormisse! Anche lui disse così..., il medico! Era serena in faccia. Composta. Le mani incrociate sul petto. Non ci posso credere che qualcuno la odiasse fino a questo punto!».

La donna smise ad un tratto di piangere e assunse un'aria pensosa e vagamente ironica. Si accese un'altra sigaretta con la cicca della prima e aspirò due, tre boccate di fumo, velocemente, ad occhi chiusi.

«Diceva sempre di avere molti nemici e rideva..., se la rideva, lei! E ora guarda qua come l'hanno conciata! Io glielo raccomandavo di stare attenta, ma col suo lavoro, come avrebbe potuto fare? Un porto di mare era quella casa!».

25

Adele non aveva bevuto il caffè, provava istintiva-
mente schifo per tutti gli oggetti del bugigattolo, per
il cattivo odore che vi regnava, per quella donna e
per tutte le cose terribili che le erano piovute addosso
in quelle poche ore. Pensò di chiederle il favore di
farla telefonare alle amiche e poi scappare di corsa
dal quartiere.

«Signora, mi dispiace per sua sorella, mi creda, ma
io, ecco, vorrei approfittare della sua gentilezza per
chiederle se posso usare il telefono..., purtroppo non
ho credito sul mio cellulare...»

La voce di Adele era talmente bassa che la donna si
sporse in avanti, verso di lei, per ascoltare meglio.
Sicuramente non era quello che si aspettava di sentir
dire da quella strana ragazza che poi, tanto ragazza
non doveva essere. La guardò stranita, tirò due boccate di fumo e aprì la bocca senza articolare nient'altro che un suono gutturale che riuscì a denotare, comunque, la sua delusione per l'evidente indifferenza
che Adele dimostrava senza ritegno. Le indicò in silenzio il telefono su un piccolo tavolino in finto bie-
dermeier chiaro e luccicante, con sopra un centrino al
chiacchierino, color sabbia. Il telefono stava sopra al
centrino. L'arredamento di quella topaia fetida, sto-
nava incredibilmente col mobilio lucido, pulito e pre-
tenzioso. Adele si alzò, fece il numero di Marzia, la
più affidabile delle due coinquiline. Dopo due, tre

26

tentativi, Marzia rispose. Le chiese se sapesse nulla della loro porta aperta, della radio lasciata accesa e dell'appartamento in disordine. L'amica non si meravigliò molto.

«Quando sono uscita io, alle sette, c'era solo la tavola con i piatti sporchi, per il resto era tutto in ordine, la radio l'avrà lasciata accesa Teresa, e anche la porta aperta..., è lei che esce sempre dopo di me, lo sai, no? Io l'ho lasciata in bagno a prepararsi. Ma dimmi, mi devo preoccupare?».

«Non lo so».

«Ma da dove stai chiamando? Di chi è questo numero che mi spunta sul display?».

«Che importa?».

Rispose Adele vagamente. Non aveva nessuna voglia di mettersi a raccontare quell'assurda faccenda dell'omicidio. Si sentiva stanca e nauseata dagli odori forti della casa, quello del deodorante alle rose, soprattutto.

«Ok».

Disse Marzia, poi aggiunse:

«Vedi di farmi sapere cosa ti dice Teresa. Chiamala, mi raccomando!».

Adele mise giù la cornetta, abbastanza rassicurata dalle parole di Marzia.

«Mi scusi, signora, potrei chiamare l'altra amica?».

Chiese, vincendo l'agitazione che la donna le metteva solo a guardarla. Gioia Jelacq, in lacrime, stava finendo la sua sigaretta, non smettendo per un attimo di tenerle gli occhi addosso, incuriosita e alquanto disgustata dalla sfrontata indifferenza della ragazza alla sua disgrazia.

«Faccia pure», bofonchiò, «tanto com'è una sono due..., poi, però, le devo parlare seriamente».

E sembrò una non troppo velata minaccia. Adele, francamente, non aveva nessuna voglia di impelagarsi, neppure per un attimo, nell'omicidio di Bella Jelacq.

«Teresa, sei tu?».

«E chi se no?», rispose la ragazza, con la tipica cantilena catanese, «cosa c'è?».

Adele le chiese se, per caso, uscendo quella mattina, non avesse lasciato la radio accesa e la porta semichiusa. Teresa cadde dalle nuvole, poi scoppiò in una delle sue solite risate troppo rumorose. Disse che non ne sapeva nulla. Dopo un attimo, ripensandoci, aggiunse che forse l'aveva lasciata aperta lei. Subito dopo, giurò di aver chiuso la porta a chiave. Adele mise giù la cornetta senza salutarla.

«Che vada al diavolo! Basta così, non ne posso più, me ne vado per qualche giorno da mia madre, a Mondello! Che andassero a farsi fottere tutti!».

Pensò la ragazza, sull'orlo di una crisi di nervi. Si alzò.

«Grazie per la sua gentilezza».

Disse a Gioia Jelacq, che la guardava con evidente sdegno.

«Adesso devo proprio andare...».

«Io sono stata gentile con lei stamattina».

Esordì quella, asciugandosi l'ultima lacrima sotto l'occhio, dove una vistosa macchia violacea di fard, si scioglieva lentamente.

«Le ho raccontato tutto, credevo volesse confortarmi per la morte di mia sorella, come hanno fatto quelli del quartiere. C'era una folla qui stamattina; il macellaio, il salumiere, il barbiere, le signore del palazzo di fronte, tutti. Parlavano col commissario, con una donna, il magistrato credo che fosse, e con i poliziotti, mi abbracciavano, si informavano, dicevano quanto mia sorella fosse una brava persona, generosa e onesta..., tutti lo dicevano! E, invece, lei, signorina, mi ha chiesto soltanto di fare due telefonate senza nemmeno muovere un ciglio! A questo punto devo pensare che già sapeva qualcosa e, nonostante tutto, ha avuto il coraggio di chiedere un favore, senza nemmeno farmi le condoglianze. Ma lei, che pesce è lei?».

La donna si alzò di scatto dalla poltroncina, si drizzò in tutta la sua notevole mole, si mise ad urlare, mentre le si gonfiavano velocemente le vene sul collo. Tra le mani nervose stropicciava qualcosa, una specie di cartoncino colorato. Pur di distogliere lo sguardo da quel faccione paonazzo, Adele si mise a fissare attentamente il cartoncino: era l'arcano degli amanti, una delle carte dei tarocchi. La riconobbe facilmente perché Marzia aveva l'abitudine di leggere quelle carte alle amiche, a lei, in particolare. Convinta com'era che predicessero realmente il futuro, le proponeva "un tiro di tarocchi" ogni qualvolta le veniva in mente che l'amica, già quarantenne, avrebbe dovuto darsi da fare per trovare l'uomo della sua vita.

«Anche lei sarà interrogata dal commissario».

Strepitò la Jelacq, puntandole un dito grosso e inanellato, sul petto.

«Non si faccia illusioni!».

La donna incalzava sbraitando in crescendo, fino a diventare insostenibile star lì ad ascoltarla.

«Tutti indagati, tutti..., anche lei, anche i clienti! Tutti indagati, tutti!».

Le sue grosse mani continuavano a tormentare l'arcano degli amanti. Smise di colpo di piangere, assumendo un'aria cattiva. Gli occhi neri sporgenti mandavano lampi di furore.

«Ho dato tutte le informazioni che la polizia ha voluto, che crede?», continuò minacciosa, «quando hanno portato via mia sorella ho giurato sul suo povero cadavere che il colpevole sarebbe stato trovato e punito!».

Cambiò ancora una volta, velocemente, espressione. Si lasciò andare con un tonfo pesante sulla poltroncina. Chiuse gli occhi e ricominciò a singhiozzare forte, battendosi le mani sul grosso seno, commossa dalle sue stesse parole. La ragazza girò le spalle e, senza salutare, corse fuori dal retrobottega del pescivendolo. Aveva bisogno di allontanarsi da quel posto di merda, da Gioia Jelacq, dall'odore pesante del caffè, dei pesci e del deodorante alle rose.

31

Capitolo Secondo

Fuori dal bugigattolo del pescivendolo c'era ancora qualche ritardatario che, appresa la notizia dell'omicidio, sgranava tanto d'occhi e si faceva il segno della croce, sulla fronte e sul petto. Un vecchio gobbo la fermò, dopo aver fatto pochi metri dal retrobottega dell'usuraio Rosario La Corte. Aveva un cappello di paglia sudicio, calato sugli occhi, una camicia a fiori e un fascio di fumetti vecchi sotto il braccio.

«Non deve dare retta alle parole di Gioia».

Disse adagio, tenendo una mano di traverso sulla bocca.

«Le due sorelle si odiavano assai, e ora lei fa finta di piangere! Lo sapevo che prima o poi si sarebbero scannate. Se non mi crede, lo chieda a sua madre!».

E sparì, risucchiato dalla folla del mercato. Adele rimase tra le bancarelle, tra le voci alte e stridule dei rigattieri, tra la folla che andava e veniva, che contrattava, rideva, malediva... Si sentiva confusa, non sapeva più cosa pensare, quell'uomo col cappello di paglia sudicio lo aveva visto spesso al mercato, vendeva giornalini usati, forse era uno squilibrato, un ubriacone, uno che seminava zizzania..., da dove gli

33

era venuto in mente di raccontarle quella frottola?
Che ne sapeva lui di sua madre? Ma quando mai, poi,
sua madre era stata lì? E, se ci fosse stata davvero,
perché non glielo avrebbe mai detto? Gli stereo, le
radio e le tv del quartiere andavano già col volume a
manetta, sprigionando raffiche micidiali di decibel.
Le canzoni, urlate alla disperata, correvano come cavalli impazziti tra le bancarelle del mercato, scuotevano i quarti di vitelli appesi ai ganci delle macellerie, ancora grondanti di sangue, il fegato e il cuore
bene in mostra, il cartellino del prezzo infilzato su
una coscia. Adele riusciva a convivere con quel fra-
casso, con quelle bestie morte esposte per strada, con
gli spintoni della gente. Prendeva tutto quello che le
poteva servire e lasciava quello di cui non aveva bisogno. Era capace di restare impalata e assorta davanti ad un banco di pesce, per catturare lo sguardo e
i gesti del ragazzo che puliva le piccole bestiole luci-
de di sangue, aperte sulla pancia. Fissava il coltello
che raschiava le squame dure, facendole schizzare
tutto intorno in un piccolo gioco d'artificio argentato
e finiva col sentirsi, poco alla volta, un coltello che
raschia, una squama dura che si alza in alto e poi
scoppia, dentro un piccolo gioco d'artificio argentato.
Seguiva le mani gonfie e rosse del ragazzo, immerse
nel secchio d'acqua sporca, la bocca senza sorriso,
l'aria sfacciata, insolente, comunque triste. Abitare
alla Vucciria non era stata un'idea malvagia, anzi, al

contrario. Aveva scelto quel posto come sua residenza abituale da quattro anni, lasciando la madre nella sua villa liberty di Mondello o, sporadicamente, nella grande casa di città, in via Belmonte. Sua madre, Valentina Settimo, settantenne, era stata in gioventù, una delle prede più ambite della città. Bella e ricca, aveva ricevuto, fin dall'adolescenza, un sacco di proposte di matrimonio, ma lei non ci pensava davvero a sposarsi! Piuttosto pensava a divertirsi e si era divertita abbastanza. Aveva partecipato alle più importanti gare ippiche, ai più prestigiosi tornei di tennis e bridge, aveva anche avuto degli amanti. Ad appena ventitré anni, si era laureata col massimo dei voti in lettere antiche. Aveva già trent'anni, quando, durante un soggiorno a Cefalù, in casa di una vecchia zia, incontrò quello che, dopo un anno, sarebbe diventato suo marito: Armando Papi, avvocato rampante di ottima famiglia, ma nullatenente. Il Papi vantava nobili origini, bagnava addirittura le radici del suo albero genealogico nel sangue di alcuni Papi romani, saliti al soglio pontificio nell'alto medioevo. Aveva anche il suo blasone di famiglia, unico bene che portò in dote alla moglie, insieme al titolo di contessa: un bue rampante d'argento su campo azzurro, accompagnato in capo da una stella d'oro. Morto prematuramente il marito, la contessa rimase da sola, con un'unica figlia, Adele. Adesso, l'anziana signora viveva da parecchi anni, quasi sempre a Mondello, con la gover-

35

nante Lorella Bondì e il giardiniere, Luca Rinaldi, tutti e due al suo servizio da venti anni. A rendere molto gradevole la sua vita, c'erano le serate dedicate al pettegolezzo, quelle dedicate al bridge, quelle in cui si organizzavano fiere di beneficenza, c'erano i ritiri del "Cammino dello Spirito", e c'era il cane... insomma, non era sola. Piuttosto era sola lei, Adele, senza un vero amico, senza nessuno, senza niente. Nemmeno in quel quartiere si era creata delle amicizie. A quella gente aveva soltanto cercato di rubare l'energia vitale, gli sguardi, le parole, la voce, i gesti, l'anima. Aveva rubato tutto questo come una cimice, appiattita, nascosta, senza dare niente di se stessa, perché si era convinta, nel tempo, che niente avrebbe mai potuto dare a nessuno, dato che niente aveva mai posseduto. Quello che la faceva sopravvivere era una piccolissima forza di volontà, che, in certi giorni, nemmeno le bastava per alzarsi dal letto. A furia di rubar loro ogni cosa, aveva finito col capirne anche l'innata attitudine: l'ossessiva mania di dilatare tutto oltre misura. Ogni avvenimento, ogni sentimento, oltrepassava i limiti del verosimile per tramutarsi in farsa o in tragedia. Se qualcuno le avesse chiesto del loro carattere, delle loro abitudini, avrebbe detto per prima cosa:

«Sono esagerati».

Anche quella mattina tutto era stato gonfiato esagera-
tamente e adesso l'omicidio di Bella Jelacq, massaggiatrice, lievitava dalle pietre quasi asciutte del mercato per salire fino al cielo, dentro una nuvola d'acqua e anice, ornata di zagara regina e gelsomino d'A-
rabia, accompagnata da una scia di maledizioni per
l'assassino e di requie "materne" per l'anima della
morta ammazzata. Lasciò il mercato di corsa e subito
svoltò per piazza San Domenico, dove il frastuono
era più sopportabile. Si ricordò di non avere ancora
fatto colazione per via dei crampi allo stomaco, che
aumentavano velocemente. All'angolo con la Discesa
dei Maccheronai, comprò un gelato, ma, al primo
morso, le venne in mente Bella Jelacq con la testa
sanguinante e così lo gettò dentro ad uno dei tanti
cassonetti per la spazzatura, colmi fino a straripare
come dei selvaggi fiumi in piena. Tutta la piazza era
impregnata dell'odore acre della spazzatura. In qualche vicoletto, poi, avevano sicuramente dato fuoco a
più di un cassonetto, perché, di tanto in tanto, arrivavano, fino in piazza, zaffate pestifere di immondizia
bruciata. A quel punto, alla disperata, avrebbe preferito il deodorante alle rose. Si chiese dove avesse potuto trovare un attimo di respiro, in quella mattinata
stramba e faticosa.

«A Mondello».

Si rispose senza pensarci due volte. Se ne sarebbe rimasta lì per qualche giorno, il tempo che in via Argenteria vecchia si fossero calmate le acque. Adesso, aveva un motivo in più per recarsi da sua madre: chiederle se fosse mai andata a trovarla al mercato, se avesse conosciuto le sue coinquiline e Bella Jelacq. Era sicura che lei se ne sarebbe uscita in una delle sue orribili risate, prendendola per mentecatta. In ogni caso, lei aveva deciso di farle quelle domande, e aveva deciso anche di chiedere a Marzia e a Teresa se avessero mai conosciuto sua madre. Andò senza fretta alla fermata dell'autobus, ad aspettare la 806. I suoi concittadini da qualche tempo, avevano messo al femminile i numeri del servizio urbano, e lei si era uniformata alla nuova moda. Alla fermata ritrovò le stesse facce eternamente incavolate, ora per i ritardi, ora per l'affollamento, insomma, c'era sempre qualcosa che non andava per il verso giusto nel rapporto tra il mezzo pubblico e la gente.

«Esagerati».

Concluse. La gente era sempre più irritata, aveva sempre più premura. Sembrava che in città, chi avesse tempo da perdere fosse soltanto lei. Disgustata, pensò che, in fondo, era vero. Non aveva un uomo, non aveva parenti o amici che la aspettassero con impazienza. Anzi, a ben pensarci, non l'aspettava nessuno. L'autobus arrivò sbuffando e cigolando da tutte le parti. Era quasi vuoto in quel periodo dell'anno, tranne che per gli immigrati, che lavoravano come colf, babysitter e altro ancora a Mondello. Erano quasi le due e trenta del pomeriggio: parte della servitù straniera, si recava al lavoro saltuario, quello pomeridiano, che permetteva alle signore di scendere in città, per dedicarsi alle riunioni con le amiche, organizzare le serate, vedersi con l'amante. Evitando di guardare fuori dai finestrini, oltre ai quali la solita città scorreva lenta e intrappolata dentro al traffico torbido, si poteva immaginare di stare su un autobus algerino o tailandese. Alle porte di Mondello, la ragazza ricordò di non avere biglietto. Lo disse all'autista. L'uomo la guardò stranito, poi le staccò, con una mano un biglietto, mentre con l'altra continuava a guidare ascoltando la radiolina.

«Ecco a lei il biglietto, ci sono 50 centesimi di sovrapprezzo».

Adele, dopo aver cercato tra le cianfrusaglie incredibili dello zaino, tirò fuori il portafogli, cercò i cinquanta euro, suo unico capitale, ma non li trovò. Intanto, l'autista era rimasto per tutto il tempo con il biglietto in mano, mentre con l'altra guidava, imprecando a bassa voce contro quello scirocco infame che stava calando velocemente sulla città.

«Ecco... mi scusi, mi accorgo solo adesso di aver dimenticato...».

Farfugliò Adele mortificata. Non le era mai successo di viaggiare senza biglietto e senza un soldo nello zaino. L'uomo gettò il biglietto sul cruscotto e l'ignorò fino alla fermata successiva, dove la ragazza scese tanto in fretta, da rischiare di cadere sopra un uomo con la canottiera bianca arrotolata sul petto. Un cuculo fece sentire il suo verso, simile ad un richiamo allarmante, continuo, una specie di sirena impazzita. Quel verso lo si sarebbe sentito fino ad autunno inoltrato, poi l'uccello migratore sarebbe andato a svernare in Africa. Le giornate di Adele a Mondello, fin da quando era bambina, scorrevano tutte quante col verso del cuculo e con quello delle cicale. Nella sua solitudine, quelle due bestioline erano diventate un punto di riferimento. Brown, il cane di casa, avvertì la sua presenza quando ancora non era nemmeno arrivata al cancello, e cominciò ad abbaiare alla disperata per la gioia, come faceva sempre. Aprì Luca Rinaldi, il giardiniere. Stringeva al petto un fascio d'erbaccia.

«Come mai?»

Disse. Non ci fu bisogno d'interpretare la battuta. Vedendola, se ne usciva sempre con la stessa esclamazione.

40

«Sua mamma non c'è, è a Palermo da due giorni».

«A fare?".

Adele chiese, tanto per dire qualcosa. Per un certo verso le piacque l'idea di non dover raccontare alla madre dell'omicidio, della porta di casa sua trovata aperta, delle frottole raccontate dal vecchio col cappello di paglia, anche se avrebbe voluto togliersi subito quel dubbio dalla testa. Si diede della cretina. Il gobbo era sicuramente un ubriacone ficcanaso. Sua madre mai si sarebbe data la pena di conoscere l'ambiente della Vucciria, dove sua figlia aveva deciso di andare a vivere.

«Dice che c'è un ritiro del "Cammino dello Spirito" a Cefalù, questo fine settimana. Se n'è andata prima per i preparativi, ma lei niente ne sapeva?».

«Boh, si certo, qualcosa mi ha detto. Ma non ricordo bene».

Mentì Adele.

«Stamattina ha telefonato a Lorella, dice che tornerà tra dieci giorni».

Bene, sua madre era a Palermo, in via Belmonte. Lo aveva comunicato alla governante. Ma che ci faceva da due giorni, da sola, a Palermo? Due giorni per preparare le valigie? Adele cambiò pensiero e chiese al giardiniere di raccogliere due limoni freschi.

«Vuole la limonata?».

Le chiese l'uomo dopo un attimo di riflessione.

«Gliela faccio io, al solito mio?».

«Sì, certo. Ma senza zucchero, per favore».

«Ci metto due gocce di anice?».

«No, solo limone e acqua, grazie».

Andò via, lentamente, così com'era venuto. L'erbaccia stretta al petto, il cappello grande di paglia calato sugli occhi, l'aria da cane bastonato. La ragazza non si stupì di non aver visto Lorella, pensò che sicuramente sarebbe stata su in terrazza a dar da mangiare agli uccelli di passaggio, immersa nei suoi pensieri che non finivano più. Cosa pensasse non era dato saperlo. Adele si sentì rincuorata nel trovare la sua stanza bene in ordine e profumata di lavanda; Lorella aveva l'abitudine di mettere quei rametti di fiori viola nei cassetti, prima di riporvi la biancheria appena stirata. Andò in bagno a fare una doccia, bevve la limonata, che il giardiniere le aveva posato sul comodino, e si mise a letto. Erano le quattro del pomeriggio. Il sole splendeva su un cielo rossastro e senza nuvole. Qualche folata di vento troppo caldo, non la raccontava giusta, da lì a qualche ora si sarebbe potuto scatenare l'inferno. In Sicilia capita spesso che certe primavere diano di testa. Adele per la prima volta, in quella giornata da dimenticare, non percepì la mano dura dell'ansia stringerle il petto, dentro una morsa di ferro. Quello era il posto giusto per ritrovare un po' d'equilibrio, nascosta sotto il lenzuolo, senza televisione, stereo o radio o voci di ambulanti, o, ancor peggio, omicidi da commentare. Prima di addormentarsi ebbe un sussulto.

«Il cellulare! Devo spegnere il cellulare».

Esclamò a voce alta. Saltò giù dal letto, prese lo zaino, ci frugò dentro in malo modo, tirando fuori un'enormità di cose inutili, lacci per capelli, matite colorate, chiavi, scontrini del supermercato..., e, finalmente, eccolo lì, il cellulare senza credito, buono solo a squillare per rompere le scatole. Lo spense e lo gettò sul tappeto. Ritornò a letto cercando di calmare il cuore che aveva ricominciato a battere per conto suo, strampalato, ora forte, ora tanto piano da non sentirlo nemmeno. Il breve sonno non fu granché ristoratore. Si svegliò diverse volte e sempre di soprassalto. In quella fottuta casa si creavano dal nulla, mille rumori strani. Da bambina pensava fossero i fantasmi dei quali, si diceva, fosse sovraccarica quella zona disseminata da ville antiche, poche delle quali in stile liberty, molte altre in quello strabiliante stile

43

coppedé che mischiava i simboli della mitologia sici-
liana con le più fantasiose rielaborazioni rinascimen-
tali, moresche, gotiche. Lei, per conto suo, preferiva
di gran lunga l'immaginazione caotica del coppedè a
quel liberty della villa della madre, che trovava fune-
reo e agghiacciante: troppi marmi bianchi e troppe
decorazioni in ferro nero. Sicuramente quella dimora
avrebbe potuto ospitare più di un'anima persa, e il
giardino sempre selvaggio e informe, nonostante le
cure del giardiniere, avrebbe potuto alloggiare un
paio di elfi burloni. Scricchiolavano le persiane e i
mobili, si alzavano improvvisamente le tende, anche
se le imposte erano chiuse e fuori non c'era alito di
vento. Si svegliò tra questi soliti inquietanti rumori,
che era quasi sera. Un'ansia improvvisa le accelerò,
ancora una volta, il cuore, facendola sudare sul collo,
dove i capelli si erano appiccicati durante il sonno.
Pensò che avrebbe fatto meglio a riaccendere il cellulare. Il commissario aveva detto che l'avrebbe ri-
chiamata per la deposizione. Appena riacceso, nella
penombra della stanza, vide la scritta nera sul rettan-
golino giallo che continuava a mandare segnali lumi-
nosi: Teresa. La sua coinquilina meno affidabile le
aveva lasciato un messaggio, alle sei del pomeriggio.

«Vieni subito a casa. Qui c'è un macello. Marzia non
si trova».

Per qualche minuto rimase seduta sul letto, col cellulare stretto con tutte e due le mani, poi lo lasciò cadere. Perché Marzia era scomparsa nel nulla? Perché in via Argenteria vecchia, 35 c'era un macello? Adele si rimise a letto dopo aver preso due compresse di valeriana. Una cosa era certa nella totale confusione dei suoi pensieri: doveva riaddormentarsi alla svelta. L'indomani, col sole, avrebbe ripreso il comando del suo corpo e della sua mente, almeno così sperava. Passò circa mezz'ora prima di cadere in un sonno stentato.

Capitolo Terzo

Era martedì, 23 maggio. Risvegliarsi col profumo di zagara e la luce filtrata dalle tende di lino fu per Adele un bel risveglio. I pensieri neri del giorno prima arrivarono lentamente, ma senza batticuore e angoscia. Dal salone, al primo piano, il Big Ben suonò dodici solenni rintocchi. Tutto si fece chiaro in lei e si ridimensionò, prendendo forme accessibili e razionali.

«Ho esagerato, al solito mio».

Pensò. In quella borgata marinara era tutto più semplice, la vita stessa aveva un ritmo più lento, i colori e i rumori nascevano e restavano a misura d'uomo.

«Dopotutto cos'è accaduto?».

Pensò di nuovo, guardando in giro la stanza fresca e pulita, aspirando il buon profumo di lavanda del lenzuolo che teneva su, fin sotto gli occhi.

«Qualcuno ha fatto fuori una tipa dai capelli biondograno, massaggiatrice in via Argenteria vecchia; una delle mie coinquiline ha lasciato la porta di casa aperta e la radio accesa e infine, Marzia, la più affidabile delle due, non si trova. Senza esagerare, ogni cosa andrà al posto giusto, risolvendosi. La polizia farà le indagini di routine e troverà l'assassino di Bella Jelacq. Si scoprirà che il disordine di casa, la radio lasciata accesa e la porta lasciata aperta, sono opera dell'inquilina matta, Teresa, e infine Marzia si farà viva, confessando di essere scomparsa per qualche giorno, solo per restare col suo fidanzato, in pace, magari in un motel sull'autostrada».

A un tratto le tornò alla mente il gobbo dal cappello di paglia, le sue parole assurde; sentì una fitta lancinante sulla fronte. Chiuse gli occhi cercando di ritrovare la calma e si diede ancora per una volta della cretina. Non doveva più pensare a quell'uomo. Una cosa era certa: mai sua madre si sarebbe abbassata fino al punto di voler conoscere i suoi vicini di casa. Quella decisione di vivere alla Vucciria, l'aveva presa come l'ennesima stupidata di una stupida figlia. Così ragionando, si riprese d'animo. Quello che le ci voleva era una doccia e vestirsi per poi uscire a fare una passeggiata: risolse che avrebbe dovuto concentrarsi solo su quelle tre operazioni. Tutto il resto avrebbe aspettato. Appena varcata la porta a vetri del salone si sentì immergere dentro il pentolone bollente dello scirocco. Conosceva bene quella sensazione di stare a bagnomaria, tra esalazioni di sale e di zolfo: l'inferno si era scatenato, la città con i suoi uomini e le sue bestie sarebbe andata fuori dalla grazia di Dio per almeno tre giorni, fino quasi a impazzire, al-

la ricerca di un filo d'aria fresca da respirare. Sul
cancello scorse Lorella e il giardiniere parlare anima-
tamente, dietro un albero di limoni. Non l'avevano
vista e così evitò di salutarli; non aveva voglia di dare spiegazioni sul fatto inconsueto di fermarsi per un
bel po' di giorni a Mondello. Il viale che portava al
mare era pulito e rassicurante. I cassonetti della spazzatura quasi nuovi, d'un verde brillante, portavano
stampati sui fianchi delle immagini di Palermo: una
lustra piazza Pretoria, una turrita cattedrale con
quell'aborto di cupolone che non c'entrava per niente
con lo stile arabo-normanno, una Trinacria a corona
di un mare blu cobalto, immoto e indifferente... Le
ville liberty erano ancora quasi del tutto disabitate
ma da lì a qualche mese avrebbero ripreso vita e colore. A giugno quel viale sarebbe stato praticamente
irriconoscibile. Buona parte della città si sarebbe ri-
versata a Mondello, i cassonetti della spazzatura si
sarebbero trasformati in cloache rigurgitanti ogni tipo
di lordure e le immagini dei monumenti sui loro
fianchi, si sarebbero annerite fino a scomparire del
tutto. Perfino l'immoto e indifferente mare blu cobalto si sarebbe intristito perdendo la maestosa indifferenza ostentata durante l'inverno. Adele si avviò al
bar, dove vendevano anche le sigarette. Ad un tratto
ricordò di non possedere un centesimo. Le venne in
mente la figuraccia fatta con l'autista della 806, il
giorno prima, e provò lo stesso desiderio di sprofon-

dare. Si fermò, riprese il portafogli dentro lo zaino, dopo aver cercato tra le solite cianfrusaglie: niente. Non c'era nemmeno un centesimo. La banconota da cinquanta euro s'era davvero volatilizzata. Il portafogli era strapieno di ricette del dottore, carte di credito scadute, scontrini del supermercato, bigliettini da visita di gente che nemmeno ricordava più. Controvoglia tornò sui suoi passi, avrebbe chiesto a Lorella Bondì di prestarle dei soldi; ci avrebbe pensato mamma a restituirglieli, a fine mese, togliendoli dalla piccola cifra che le passava per la sua sopravvivenza. Questo pensiero di mamma che pagava i suoi piccoli debiti la incupì molto: convenne con se stessa di essere una persona del tutto inutile. Non studiava, non lavorava, non produceva che noia e malessere. Eppure ancora riusciva a sognare qualcosa, un treno che va da qualche parte, un uomo che arriva da non si sa dove..., sogni incerti e deboli..., ma era pur sempre qualcosa di positivo in una vita del tutto insignificante. Suonò più volte al cancello, la villa sembrava deserta. Il cane, che aveva cominciato ad abbaiare quando lei era ancora a due isolati di distanza, adesso ululava per far capire che c'era qualcuno al cancello. Niente. Dopo dieci minuti decise di cercare dentro il famigerato zaino, se per caso non avesse portato con sé le chiavi. Rimase sorpresa nel trovarle quasi subito: stavano in una piccola tasca laterale con tanto di cerniera. Dopo aver calmato il cane con due carezze

si avviò per il corto sentiero che conduceva alla porta
a vetri del salone. Stava per aprire quando le voci
della governante e del giardiniere la fecero fermare
di botto, incuriosita. Guardò dentro attraverso i vetri
e vide i due attorno al tavolino stile impero, ricoperto
da un drappo rosso che mai aveva visto prima. Sul
drappo stavano dei tarocchi sistemati a croce, una
candela accesa e un piattino sul quale bruciava
dell'incenso. I loro visi erano tristi e stanchi. Lorella
tirava i tarocchi e parlava con una voce che non le
aveva mai sentito prima: rassomigliava alla voce della donna cui era stata uccisa la sorella, anzi, ad ascoltarla bene, era la stessa voce, la stessa inflessione palermitana, gli stessi accenti ora accorati, ora minacciosi, ora ironici: una cosa impressionante davvero.
Luca, il giardiniere, stava attento senza parlare. Di
tanto in tanto, annuiva con la grossa testa senza l'e-
terno cappello; ed era insolito anche questo: mai
aveva visto Luca senza il suo cappellaccio; anche
dentro casa, anche in presenza di mamma, mai si era
tolto il cappello. Adele guardò con più attenzione. I
capelli del giardiniere facevano a pugni con tutto il
resto del suo grande corpo malandato: erano capelli
fini e bianchissimi, ben pettinati all'indietro e raccolti
in un lungo codino. Non erano certo i capelli di Luca.
Pensò che portasse una parrucca, ma non capiva la
necessità di un travestimento, solo per farsi tirare i
tarocchi da Lorella. Smise di almanaccare sulla par-

rucca di Luca per sentire bene cosa si stessero dicendo. Guardò meglio ed ebbe l'impressione che tutti e due fossero come addormentati, in trance, fuori dal mondo, eppure continuavano a muoversi e a parlare. La voce di Lorella le procurava dei brividi di paura: più l'ascoltava e più aveva l'impressione che a parlare fosse la donna della mattina prima, Gioia Jelacq.

«Il carro procede, gli amanti esprimono il dubbio. Lei scenderà dal suo trono e perderà ogni potere».

Ma cosa voleva dire con quel linguaggio sibillino? Chi avrebbe perso il suo potere? Chi erano gli amanti? Un rumore di foglie secche la fece sobbalzare. Si girò a guardare verso un cespuglio e vide un piccolo corvo che cercava di districarsi da un groviglio di rami spinosi. Il giardino era pieno di ogni specie di uccelli. Adele non aveva mai avuto paura dei corvi, così si mise ad aiutarlo e, da lì a qualche minuto, lo liberò da quella specie di trappola. Lo posò a terra e tornò davanti alla porta a vetri: il salone era vuoto, il tavolino stile impero era vuoto, le sedie erano vuote, tutto era in ordine. Il Big Ben suonava le tredici, dall'alto del suo mobile in noce brillante. Dovette appoggiarsi con tutte e due le mani alla porta a vetri per non cadere. Cosa volevano dire tutti quei misteri? Temette di avere avuto un'allucinazione, anche se era sicura di aver visto tutto quanto, realmente. Entrò nel salone e scorse a terra, vicino al tavolino stile impero, una carta: era l'arcano degli amanti, la stessa carta che Gioia Jelacq stropicciava nervosamente tra le dita, il giorno dell'omicidio. Dunque, non aveva sognato: i due erano stati lì..., ma si erano accorti della sua presenza? ed era stato un caso che quel piccolo corvo si fosse fatto sentire dentro alla trappola di rami spinosi? Seppur veloci, come avevano fatto quei due a far scomparire il drappo rosso, i tarocchi e tutto il resto? Più ci pensava e più finiva col non capirci nulla, così smise di riflettere su quanto era successo, come faceva di solito davanti a qualcosa che reputava più grande delle sue possibilità, qualsiasi cosa fosse, dallo studio al lavoro alla vita nel suo insieme. Era stata sempre una che lascia perdere, lascia andare, lascia e basta. Ma nonostante questa sua inclinazione all'indifferenza, derivata dall'incapacità di affrontare la vita, sentiva ancora dei brividi percorrerla dalla testa ai piedi. Il salone era freddo e in penombra nonostante la giornata d'un chiarore accecante, come se il sole caldissimo e le folate di scirocco si fossero fermati davanti alla porta a vetri, senza riuscire a penetrare dentro la villa. Fece la breve rampa di scale che portava al primo piano e raggiunse la sua stanza quasi di corsa. Chiuse la porta e si mise a letto vestita. Aveva freddo come quando sta per arrivare la febbre. Non le importava sapere dove fossero Lorella e Luca, non le importava capire perché il cane si fosse rimesso ad ululare forte e perché qualcuno stesse suonando il pianoforte, di sotto, quando nessuno oltre mamma, lo suonasse abitualmente. Lo squillo del cellulare la fece trasalire. Non rispondere fu per lei l'unica cosa possibile da fare in quel momento: non era pronta a sentire cattive notizie da quell'aggeggio invadente e stupido che promise ancora una volta a se stessa, di buttare via al più presto. Finiti gli squilli, cominciò il rumorino insopportabile dell'avviso di messaggio. Cercò di non badare a quel richiamo ma fu inutile. Scese dal letto, frugò furiosamente dentro lo zaino, agguantò con rabbia il cellulare e lo cacciò sotto un tappeto. Chiuse gli occhi nella speranza di addormentarsi ma qualcuno entrò in camera senza bussare.

«Le ho portato una limonata».

Fece Luca, col cappellaccio sugli occhi.

«O preferisce un piatto di pasta?».

«Avete cucinato?».

Ella disse, tanto per dire qualcosa.

«Sicuro. A mezzogiorno, come sempre, ma lei non era in casa. Io l'ho cercata e anche Lorella, per andare a tavola. Abbiamo pasta col ragù di pesce e orata al cartoccio. Con questo castigo di Dio di scirocco meglio tenersi leggeri».

Tirò fuori dalla tasca dei pantaloni un grande fazzoletto candido e se lo passò velocemente sul viso sudato. Si aggiustò il cappello sulla fronte.

«Desidera mangiare?».

Aggiunse. Era calmo Luca e gentile come sempre, di una gentilezza che non era mai scaduta nel servilismo; lui era soprattutto il giardiniere di casa e, se spesso aiutava Lorella nelle lavori di casa, non si era mai sentito, per questo, un cameriere.

«Grazie, magari prendo un po' di pasta. Ma scendo giù in cucina, non è il caso che me la porti fin qui».

«Come vuole».

Rispose.

«Dico a Lorella di preparare la tavola».

E andò via, dopo aver chiuso la porta alle sue spalle. Adele si chiese perché prima non avesse bussato come faceva sempre, ma anche quella domanda la lasciò perdere senza risposta. In cucina l'aria era meno fredda che nel resto della villa. Mangiò da sola. Stava quasi per finire il suo piatto di pasta quando arrivò Lorella, ben vestita e ben pettinata come al solito. La donna guardò Adele senza sorridere, senza salutarla; aveva l'aria stanca e gli occhi cerchiati come se non avesse dormito per tutta la notte.

«Ha visto, per caso, un piccolo corvo in giardino?».
le chiese con la sua voce di sempre. I brividi rico-
minciarono a farsi sentire. La ragazza l'aveva ascolta-
ta poco prima, quando la donna tirava i tarocchi a
Luca, nel salone, e la sua voce era diversa, cavernosa
e alta come quella della donna di via Argenteria vecchia.

«Sì».

Fece Adele, chiedendosi il motivo di quella domanda.

«Era caduto dentro il roveto e io l'ho tirato fuori, perché?».

«Nulla. È un piccolo animaletto che si cerca i guai da
solo».

«Eh? che vuol dire, Lorella?».

«Dico che certuni, animali o persone, hanno un sesto
senso per cacciarsi nei guai».

«Non capisco.”».

«Non c'è nulla da capire. Io devo andare, mi scusi...».

Adele la interruppe bruscamente.

«Ora mi deve spiegare, Lorella, come fa lei a sapere
del corvo? che io lo abbia visto, voglio dire».

«Ero su in terrazza e mi era parso di vederla china sul roveto. Tutto lì. Anche io ho tirato fuori quell'animaletto impiccione, dal roveto e da tanti altri guai! soddisfatta? E ora mi lasci andare, non faccia al solito suo, che da una goccia, fa venir giù un temporale!».

La donna andò via, visibilmente infastidita. Adele lasciò la cucina in fretta; le parole di Lorella e il suono della sua voce la fecero ripiombare di colpo dentro ai fatti bizzarri di quella mattinata stramba; fatti strani che non voleva approfondire, cose assurde che avrebbe voluto cancellare dalla sua mente fragile, con la grande gomma colorata che usava da bambina, per cancellare i suoi errori sui quaderni di scuola. Pensò che rifugiarsi a Mondello, forse era stato un errore e che cacciarsi nei guai fosse sempre stata la sua attitudine migliore, come il piccolo corvo di cui aveva parlato la donna. Era fuggita a gambe levate davanti all'omicidio di Bella Jelacq per nascondersi lì, dove tutto stava immobile nel tempo e nello spazio, ed ora, anche in quella zona franca, non si sentiva più al sicuro. Decise di andare in città a trovare la madre. Tutto sommato, anche se con lei non aveva mai avuto un rapporto molto affettuoso, sentiva adesso il bisogno di vederla e di raccontarle un po' di quelle cose che la preoccupavano. Era ancora una volta alla fermata della 806, questa volta per fare il tragitto all'incontrario. Le palme malate del viale si piegavano agli scossoni del vento di scirocco lasciando precipitare sui marciapiedi le bacche come piccole piogge strambe, dure e crepitanti. Il rumore cupo del maroso copriva ogni altro rumore e i pochi passanti tenevano un bizzarra andatura malferma, la testa bassa, gli occhi semichiusi per ripararsi dalla sabbia che alzava mulinelli, Il cellulare non la finiva di segnalare il messaggio che aveva ricevuto qualche ora prima. Il rumore dell'avviso le dava sui nervi, ma non si decideva a leggere cosa diavolo volesse comunicarle chicchessia. L'autobus si faceva attendere più del previsto e il rumorino continuava a farsi sentire senza tregua. Quel piccolo rumore le andava alla testa facendole battere forte le tempie. Infilò una mano dentro lo zaino per cercarlo. Toccò di tutto, al solito: dal lucidalabbra agli scontrini vecchi, dalle briciole di biscotti alle penne. Dopo una o due imprecazioni, trovò il cellulare: era un messaggio vocale da uno sconosciuto mittente. Ascoltò col cuore in gola, ripromettendosi, per la centesima volta, di buttare via quell'apparecchietto diabolico, sempre senza credito, buono soltanto a farle crescere l'ansia latente. Una voce maschile l'avvertiva di presentarsi al più presto possibile al comando di polizia di Corso Calatafimi, per comunicazioni urgenti che la riguardavano.

«Ci siamo».

Pensò.

«Ecco che inizia la via crucis dell'interrogatorio sull'omicidio della massaggiatrice..., ma cosa vado a raccontare io, a quelli lì?».

Mai nella vita aveva varcato la soglia di un comando di polizia. Non aveva mai avuto bisogno nemmeno dei vigili del fuoco o dei carabinieri o del soccorso stradale: nulla. Aveva percorso la sua vita fino ai quarant'anni, sempre camminando ai margini, stando bene attenta a non prendere vie traverse. Una vita banale e stupida, con addosso un'inspiegabile, illogico disagio. Erano le 13.45. La 806 arrivò portandosi addosso il cattivo odore della città, un insieme di gas di scarico e spazzatura, che ammorbò, per qualche secondo, l'aria ancora respirabile di Mondello. L'autobus era semivuoto perché a quell'ora, le colf, le badanti, le babysitter straniere erano ancora al lavoro: sarebbero tornate in massa in città verso le cinque. Questa volta Adele non disse al conducente d'essere sfornita di biglietto, semplicemente si rassegnò a viaggiare come molti suoi concittadini, stando bene attenta se sull'autobus fosse salito qualche controllore. In quel caso, sarebbe scesa alla prima fermata. Un barbone col suo cagnolino sedeva in trono, come un re stanco ma sereno dopo l'ultima battaglia vinta: le gambe distese e la testa riversa all'indietro sullo schienale. Il suo cane, un piccolo bastardino, giocava a salire e scendere dai sedili vuoti. L'uomo aveva un bel viso di vecchio, gli occhi chiusi gli conferivano un'aria soddisfatta e serena, la bocca si era fermata su un mezzo sorriso che lasciava intravvedere i denti cariati e una punta di lingua rossa. L'odore che emanava aveva impregnato l'aria di fritto e di vino. Ad una fermata intermedia tra Mondello e la città, salì una frotta di ragazzini di scuola, sudati, maleodoranti, urlanti, maleducati, annoiati e anch'essi, sicuramente, senza biglietto. Il conducente continuò a guidare ascoltando la radiolina, che trasmetteva le canzoni dell'ultimo festival, e sembrò non accorgersi dei nuovi arrivati. Il barbone aprì di scatto gli occhi e smise l'aria stanca ma serena del re che ha vinto l'ultima battaglia, ritirò le gambe e rialzò la testa, infastidito. Il suo cagnolino gli si accucciò sulle scarpe e chiuse gli occhi. Le venne in mente il cagnolino di Bella Jelacq: si chiese dove fosse finito. Ricordò quanto fosse lezioso e antipatico, quanto profumasse di talco e bagno schiuma e quanta pipì facesse sulle scale, specialmente davanti alla sua porta.

Capitolo Quarto

Prima di andare al commissariato di Polizia, Adele si
fermò davanti all'Albergo delle Povere, su corso Calatafimi, l'asilo costruito nella prima metà del '700
per volontà di Carlo III° di Borbone. I poveri prima
stavano al Serraglio Vecchio, su Corso dei Mille.
L'architettura del Marvuglia non l'aveva mai entusia-
smata molto, ma per l'Albergo delle Povere, provava
inspiegabili suggestioni. La facciata bianca, i due ordini sovrapposti di finestre con grate nere, il balcone
centrale, sormontato dallo stemma candido, la facevano rimanere bloccata a fissare come un basilisco,
la grande costruzione. Ma questo non le succedeva
solo per l'Albergo delle Povere. Tutto quello che ri-
cadeva sul quartiere Gennet-ol-ardh, l'aveva sempre
attratta particolarmente. Perfino l'aria stessa, respi-
randola, calmava i suoi sensi sempre all'erta, il suo
cuore eternamente accelerato, la sua ansia che non
finiva mai. Ai tempi del primo Re Normanno di Sicilia, Ruggero ll°, quel posto era stato uno splendido
parco reale che si estendeva all'infinito, fino a raggiungere da una parte la campagna di Altofonte e
dall'altra il territorio di Brancaccio. Nel suo girovagare quotidiano, Adele raggiungeva spesso quella
zona, scegliendo per le sue passeggiate, l'antico percorso dei due fiumi interrati nel '500, il Kemonia e il

Papireto, preferendo le viuzze dove potesse indivi-
duare le pendenze e i dislivelli relativi all'alveo dei
fiumi. Seguendo quei percorsi, aveva l'impressione di
sentire ancora scorrere le loro acque nere e limaccio-
se, che seguivano gli itinerari delle sepolture ipogei-
che e le cappelle dei Cristiani, nel buio assoluto, nel
freddo sgomento dell'abbandono. Il furioso shurhùq
aveva già messo in ginocchio mezza città. Gli auto-
mobilisti nemmeno suonavano i clakson, come al solito, nessuno litigava con la testa fuori dal finestrino,
i cani randagi stavano sdraiati, immobili, sepolti dentro l'erba delle rare aiuole. Al Commissariato di Polizia si accedeva da un androne lungo e in penombra.
Chiese al piantone dove recarsi per conferire con
qualcuno. Gli disse che aveva trovato un messaggio
sul cellulare e stava per dire ancora tante di quelle
cose inutili, quando l'uomo fermò con una mano il
suo soliloquio indirizzandola all'ufficio informazioni,
in fondo all'androne, prima porta a destra. Adele non
avvertiva il minimo senso di disagio, non batticuore
né ansia, mentre si apprestava a sostenere il colloquio, che, in quei giorni, aveva tanto temuto. Il poliziotto dell'ufficio informazioni fece una chiamata con
l'interfono e la mandò diritta dal commissario.

«Salve signorina Papi, ci si rivede, si accomodi».

 Disse Ignazio Patania, guardandola con un sorriso
simpatico.

«Grazie. Ho ricevuto un...».

Stava per cominciare il soliloquio inutile, quando l'uomo le disse che già sapeva, in quanto glielo aveva inviato lui stesso il messaggio. Adele lasciò perdere la tentazione di sentirsi come sempre inadatta a qualsiasi situazione, anzi, si rallegrò per quel senso di benessere che le aveva procurato il quartiere e che ancora perdurava, nonostante la figuraccia. Rimase zitta al suo posto. La faccia dell'uomo aveva qualcosa di familiare che aumentava il suo stato di grazia. Si sentiva conciliante e anche ben disposta a fare altre magre figure, senza prendersela troppo. Lui aspettò qualche istante che la ragazza dicesse una cosa qualsiasi poi, visto che restava muta e serena, proseguì:

«Mi dispiace se le rubo del tempo, ma è necessario che, in quanto inquilina dello stesso stabile della vittima, lei risponda a qualche domanda supplementare".

Adele sorrise, non perché avrebbe dovuto rispondere a qualche altra domanda ma per quello scusarsi del Patania che le stava "rubando del tempo". Avesse saputo quell'uomo quanto tempo a disposizione lei avesse, sarebbe certamente rimasto sconcertato. Le venne voglia di dirgli che del suo tempo inutile non sapeva cosa farsene e che quella passeggiata al quar-

tiere Gennet-ol-ardh, anche se tra le fiamme dello
scirocco, le stava addirittura calmando l'ansia di due
giorni interi. Avrebbe anche voluto dirgli che lui
stesso stava contribuendo a farla sentir bene, con la
sua faccia simpatica e la sua voce gentile. Gli avrebbe voluto chiedere, se per caso non avesse avuto bisogno di rivederla..., ma lasciò perdere, dandosi della
cretina. Il Patania le porse una scheda che lei compi-
lò con i suoi dati anagrafici, mentre entrò nella stanza
un poliziotto smilzo col naso rincagnato alla Michelangelo. Salutò con un "salve", mormorato tra i denti,
e sedette al computer. Adele pensò dovesse scrivere
la sua deposizione. Era ancora tranquilla. Il commissario aveva ricevuto una telefonata al cellulare e si
era allontanato per rispondere, così lei gettò uno
sguardo intorno senza alcuna curiosità. La stanza non
era né piccola né grande. Due finestre con persiane
verdi guardavano sull'androne. Alle pareti c'era poca
roba: un crocefisso, la foto del Presidente della Repubblica, qualche gagliardetto azzurro del corpo di
polizia. Una stanza del tutto anonima e, comunque,
in linea col posto in cui si trovava. La scrivania, invece, denotava una certa eleganza. Intanto, non era la
solita scrivania che si ritrova un po' ovunque negli
uffici di stato. Pensò che il commissario se la fosse
fatta portare da casa e sorrise all'idea di un poliziotto,
che tiene così tanto all'arredamento del suo ufficio.
Una scrivania simile si trovava a casa di sua madre,

in città. Era in noce, stile umbertino, primi novecento, niente di che, ma ben curata e lucidata. Sopra c'erano alcuni libri rilegati, quasi tutti di colore diverso. I primi titoli che riuscì a leggere furono "Palermo del '600 e barocca", "Le Radeau de la Gorgonne" e "Chissà se i pesci piangono", gli altri titoli erano meno evidenti e la sua miopia non le permise di leggerli. Un grande posacenere in cristallo, con dentro qualche cicca di sigaro, faceva capire che il Patania fumava, "magari quando sta da solo a dipanare matasse ingarbugliate" pensò Adele, e anche questa riflessione la fece sorridere. Lei adorava il profumo dei sigari perché, in qualche modo, le ricordava il padre che aveva appena fatto in tempo a conoscere, e che la teneva sulle ginocchia fumando il sigaro e inventando storie spaventose di streghe e fantasmi, specialmente quando fuori c'era il temporale e dentro casa scoppiettava il fuoco del camino. Sua madre ascoltava seduta al pianoforte e, di tanto in tanto, sottolineava i passi più perigliosi dei racconti, con qualche nota musicale. A quei tempi, Adele era innamorata sia del padre che della madre. Quei momenti di completa serenità, non li aveva più dimenticati. Alla morte del padre, lei stava per compiere sei anni. Da quel momento, cominciò a conoscere la paura e capì che per salvarsi bisognava nascondersi agli occhi della gente, bisognava rendersi quasi trasparente, per non destare invidie e gelosie. Dalla morte di suo padre, tutto cambiò: l'umore della madre divenne sempre più mutevole. Lei ebbe spesso l'impressione che quella donna, bella e capricciosa, si dimenticasse volutamente della sua bambina, per correre dietro agli svaghi di lusso o per rifugiarsi al Ritiro sulle Madonie, dove trascorreva lunghi periodi di meditazione. Era ancora immersa nei suoi pensieri, quando vide che il Patania era seduto di fronte a lei e la guardava sorridendo.

«Mi scusi».

Disse imbarazzata.

«Stavo pensando e non mi sono accorta del suo arrivo. Mi chiedeva qualcosa?».

«No. Nulla. La stavo guardando».

Adele diventò paonazza.

«Mi scusi ancora».

Disse, ma la voce le tremava e si arrabbiò molto con se stessa, per non essere capace di trovare uno straccio di frase, che la rendesse, non proprio interessante, ma almeno credibile come donna, agli occhi di un uomo.

«Non deve scusarsi di niente, Adele».

Il sorriso simpatico dell'uomo, diventava sempre più accattivante e, guardandolo un attimo in viso, lei si accorse che i suoi occhi erano seri e pensosi, al contrario della bocca, che sorrideva ancora. Le piacque quel suo chiamarla per nome, ma forse era una tattica omologata per mettere a proprio agio i sospettati di omicidio, pensò delusa. Avrebbe voluto chiedergli se per caso non fosse anche lei sospettata d'omicidio, ma trovò che se lo avesse chiesto, avrebbe fatto un'altra magra figura.

«Allora, mettiamoci al lavoro. Stia tranquilla, è la prassi. Come le dicevo prima, in quanto condomino del palazzo dove è avvenuto il crimine, è nostro dovere porle alcune domande. Partiamo?».

Riprese il Patania.

«Partiamo».

Rispose ella, sorridendo. Era meno tranquilla di prima, ma si sforzò di mantenere la calma.

«Conosceva la vittima?».

Esordì il commissario con quella voce bassa e gentile alla quale lei si stava abituando.

«Non bene..., nel senso che a mala pena ci si salutava incontrandosi per la scala. Bella Jelacq si prendeva tutto lo spazio per via del cagnolino che teneva al guinzaglio».

«Un cagnolino? Strano. Non s'è visto nessun cagnolino durante la rilevazione delle impronte».

Il commissario sembrava sinceramente sorpreso.

«Nemmeno io l'ho visto, quando sono andata su per chiedere di fare delle telefonate».

Disse troppo precipitosamente Adele. Il Patania la fermò con un gesto della mano:

«Un attimo».

Disse.

«Andiamo con ordine. Dunque lei conosceva poco la massaggiatrice. E le sue coinquiline?».

«Idem».

Cercava di essere meno prolissa possibile e di non anticipare le risposte.

«Ancora non abbiamo avuto il piacere di conoscerle, sa? Lei è stata tempestiva a presentarsi dopo il nostro messaggio».

La ragazza pensò che l'uomo potesse trovarla impicciona e pettegola, e si dispiacque, convenendo con me stessa, che teneva molto a quello che il Patania potesse pensare di lei.

«Quando si è accorta che a casa sua la porta era aperta?».

«Al mio rientro, verso mezzogiorno di lunedì, 22. C'era della gente sul portone di casa, sono salita al secondo piano, ho trovato la porta aperta, la radio accesa..., ma questo gliel'ho già detto quando mi ha interrogata, quella mattina».

«Le sue coinquiline non erano a casa, se non ricordo male, vero?».

«Infatti».

Confermò Adele. Raccontò brevemente le abitudini di Marzia e Teresa.

«Lei pensò di chiamarle al telefono della signorina del terzo piano, ma lì c'eravamo noi della polizia, giusto?».

«Sì».

Disse la ragazza.

«E allora?».

Incalzò il Patania-

«Non le ha chiamate in seguito?».

Un calore improvviso le bruciò la faccia, fino alla radice dei capelli. Adesso avrebbe dovuto dirgli del bambino che l'aveva trascinata nel retrobottega del pescivendolo, gli avrebbe dovuto dire del suo incontro con Gioia Jelacq, sorella della vittima. Ebbe un attimo di panico, non si decideva sul da farsi. L'uomo la guardò divertito ma con l'aria buona e simpatica di sempre, senza nemmeno un filo d' ironia.

«Come le ho detto, il mio cellulare resta spesso senza credito e mi dimentico di caricarlo... ».

«Capisco».

Disse il commissario.

«Capita spesso anche a me di restare in panne col cellulare personale. Meno male che ho quello di servizio, così, a volte, ne approfitto per fare telefonate private. Non c'è nessun bisogno di giustificarsi per questo...».

Rise e le piacque anche il modo che aveva di ridere mostrando i denti, un po' ingialliti per via dei sigari.

«Insomma, le ha chiamate queste ragazze, che so... da una cabina, da qualche altra parte?».

Adele, senza pensarci più nemmeno un attimo, raccontò in un solo fiato l'incontro con Gioia Jelacq, le telefonate alle amiche, tralasciando di raccontargli l'angoscia e il disagio che la donna le aveva provocato.

«Ah! bene...».

Disse il Patania.

«Ma torniamo a noi».

Proseguì.

«Potrebbe dirmi se, a suo avviso, e dando per scontato che lei, come ha affermato, non la conosceva bene, la Jelacq avesse dei nemici? Insomma, voglio dire...».

Continuò, cercando di spiegarsi meglio, forse per via dell'espressione non troppo attenta di Adele,

«Non è che lei, magari, avrà avuto modo di sentire qualche chiacchiera, sul lavoro che la vittima svolgeva?».

La guardò speranzoso che lei potesse dargli una risposta concreta.

«Quest'uomo deve aver capito con chi ha a che fare: con una che se ne sta dentro il proprio mondo, chiusa a doppia mandata, Adele Papi, architetto quarantenne, a spasso per vocazione, nubile e senza amici».

Pensò demoralizzata.

«No, mi dispiace»

Gli disse, intuendo che al commissario stavano cascando le braccia e che tra qualche minuto l'avrebbe congedata, quasi avvilito dalla sua inefficienza nel collaborare.

«Lei era a conoscenza del tipo di lavoro della vittima?».

"Sì, certo. Era massaggiatrice. C'era anche scritto sulla targa d'ottone, dietro la porta».

Patania sorrise, ancora senza nessuna ironia, bonariamente.

«Sì, diciamo..., ma la Bella Jelacq era conosciuta soprattutto come prostituta..., succede, sa? Magari ci si spaccia per massaggiatrici e poi, alla fine, si esercita la professione più antica del mondo!».

Esclamò il commissario, guardando il posacenere con le cicche di sigaro. Adele pensò che gli fosse venuta voglia di fumare. Avrebbe fumato volentieri anche lei, anche se fumava pochissimo.

«Adesso devo farle la domanda più impegnativa, l'ho riservata per ultima, per darle il tempo di abituarsi a me e a questo ambiente, che non credo sia il massimo! Non abbia timore, è sempre la prassi investigativa che sto seguendo, niente di personale, né dubbi, né sospetti verso la sua persona...».

la faceva lunga il commissario, mettendola in agitazione. Lei accavallò le gambe, maledicendo il vizio di stare con i jeans stretti, che il caldo umido le aveva appiccicato addosso come una seconda pelle bruciacchiata.

«Dica pure».

Farfugliò, e l'effetto dovette essere comico, perché il Patania non poté fare a meno di ridere.

«In effetti, questa domanda gliel'ho già fatta, ieri mattina, ma devo ripetergliela per metterla a verbale. Ecco: dove si trovava lei al momento dell'omicidio? Mi ha detto prima, di essere tornata a casa verso mezzogiorno, no? Dov'era stata prima?».

Disse di essere stata dalla cugina, per via della tesi di laurea e tutto il resto.

«Può controllare».

Aggiunse, e gli diede l'indirizzo e il telefono di Gabriella.

«Bene, Adele, è tutto a posto. Sicuramente contatterò sua cugina, non perché dubiti di quanto lei afferma, ma... è la prassi».

Ripeté ridendo.

«Adesso può andare, ma prima vorrei poterle offrire un caffè, magari al bar di fronte, vuole?».

Non aspettò nemmeno che gli rispondesse, l'aiutò ad alzarsi, le appoggiò una mano sul braccio e la guidò fuori dalla stanza. Il poliziotto smilzo, che stava al computer, li guardò andar via con un'espressione alquanto sorpresa sul viso. Il Patania continuò a tenerle una mano sul braccio, quasi come volesse guidarla o proteggerla e Adele dovette confessare a se stessa, che quel gesto la faceva camminare con passo sicuro, al contrario del suo modo consueto di procedere per le strade. Mentre si dirigevamo verso il bar, famoso per le panelline dolci e gli anelletti al forno, le venne in mente quante volte era caduta, come un sacco di patate, per il modo incerto e strampalato che aveva di camminare. Sua madre, per questo, la metteva in ridicolo, mentre il padre sorvolava in un pietoso silenzio. Lei per evitare di cadere, si rassegnò ben presto a portare raramente scarpe con i tacchi, preferendo le tennis o le ballerine. Anche quel giorno portava le scarpe da tennis, gli stessi jeans che indossava già da una settimana, la solita camiciola bianca e la cinta di cuoio, unica nota elegante, così almeno credeva, visto che gliela aveva regalata la madre, che comprava nelle boutiques del centro, solo cose griffate. Era una bella cintura che faceva passare per accettabile tutto il resto: le tennis vecchie, i jeans sporchi e la camiciola bianca stropicciata. Anche il suo zaino delle meraviglie era di bassa fattura, preso negli sconti alla Rinascente. Adele si meravigliò non poco di riflettere sul suo aspetto esteriore, cui aveva sempre dato pochissima importanza. Ancora una volta, in quella mattinata di maledetto shurhùq, realizzò che le sarebbe dispiaciuto troppo apparire brutta e in disordine agli occhi di Ignazio Patania. Il bar era super affollato come al solito. Il Commissario la fece entrare per prima, scostando la porta a vetri, semiaperta. Due condizionatori giganti ululavano come cani alla luna, al massimo delle loro forze, senza concludere altro che una parvenza di frescura, peraltro subito soffocata dai sentori umidi e caldi del ragù e delle fritture. Erano le tre e mezza del pomeriggio. La ragazza pensò che quello dovesse essere il bouquet dell'ora di pranzo. Da lì a qualche ora, sarebbe sicuramente cambiato, prendendo i profumi del cioccolato, della vaniglia e della cannella. Uno dei banconisti riconobbe il Patania ed esclamò a voce alta, per superare il frastuono degli avventori:

«Buongiorno Commissario, caffè per due?».

Tra la folla del bar, a lei parve di essere sola con quell'uomo che tanto la faceva star bene. Ebbe l'impressione di sentire quasi il suo respiro caldo sul collo e il profumo del tabacco farsi più forte. Avrebbe potuto immaginare di star lì col suo uomo, una coppia serena, anche felice. Diede un colpo di freno alla fantasia, anche se a malincuore. Le vennero in mente le storielle che raccontava mamma, sulla povera zia Elena, zitella inacidita che in chiesa, capitandole per caso un uomo vicino, cominciava col presentarsi per parlagli poi fitto fitto della sua vita solitaria, finché il poveretto scappava via, impressionato. Non poteva fare come zia Elena. Quell'uomo così vicino a lei, del quale assaporava l'aroma di tabacco e l'aria protettiva, non era altro che un poliziotto gentile che quella mattina, magari, aveva qualche mezzora da perdere.

«Quanto zucchero?».

Le chiese l'uomo.

«Niente zucchero, grazie».

«Per me, due»

Disse il commissario, strizzandole un occhio, in segno di complicità. Adele bevve in fretta il caffè, posò la tazzina e disse che doveva andare via. Adesso era diventata triste. Più quell'uomo la sorprendeva col suo fascino, con la sua intelligenza, col suo sorriso, che lasciava trasparire un'umanità profonda, più lei si rammaricava di non averlo incontrato prima, quando era più giovane e coltivava ancora qualche speranza nell'avvenire, quando la noia e l'indifferenza non avevano del tutto ammalato il suo spirito, quando la paura maledetta del giorno che verrà domani, si faceva sentire raramente.

«Sono così noioso? non fumerebbe una sigaretta con me? Di fronte c'è la mia panchina personale».

E rise di gusto.

«Proprio ai piedi della statua di Filippo V°, ci si fa compagnia, io e sua Maestà, quando decido di prendermi cinque minuti dal lavoro..., certo si muore dal caldo, ma...viene?».

Ignazio Patania la guardò dritto negli occhi e lei rimase senza parole. L'uomo decise per lei:

«Affare fatto, andiamo».

E rimise una mano sul suo braccio per guidarla fino ai piedi di Filippo V°. Sedettero sulla panchina vecchia e sporca. Tutt'intorno cartacce unte danzavano come pazze dentro al fuoco e dentro alla finissima polvere gialla che stava ricoprendo Palermo come dentro un sudario luminescente. La città prendeva sempre più l'aspetto di una vecchia fotografia ingiallita e accartocciata. Attorno alla panchina, si alzavano cicche di sigaretta, fazzoletti di carta, bicchieri di plastica, tutti nella danza surreale dello shurhùq d'Africa. Adele si incupì ancora di più. La vista della sua città malandata e sporca le procurava dei crampi allo stomaco. Il Patania parve indovinare i suoi cattivi pensieri .

«Cambierà di certo con la nuova generazione».

Disse con l'aria assorta, guardando un punto lontano, oltre le cartacce unte e le cicche di sigaretta.

«Mi scusi, Adele».

Continuò senza guardarla, fissando ancora quel punto lontano che lui solo conosceva.

«Non le ho nemmeno chiesto se lei fuma e, soprattutto, se le dà fastidio il fumo dei sigari».

Concluse, tornando a guardarla dritto negli occhi.

«Spero di averle fatto capire, che avevo solo voglia di restare un poco insieme a lei».

La ragazza seppe solo soltanto ribattere che sì, fumava di tanto in tanto e che non le dava fastidio il fumo dei sigari. Di colpo le si sgomberò la mente dei pensieri tristi, che poco prima l'avevano assalita brutalmente. Le cartacce continuavano a danzare con le cicche e i bicchieri di plastica ma Adele era altrove, oltre lo spazio e oltre il tempo. Ricominciava a star bene. Trovò subito il pacchetto di sigarette perché lo teneva in tasca. Lo tirò fuori, tutto stropicciato, prese una sigaretta. Lui la fece accendere. Adele, stava tirando la prima boccata di fumo, quando il cellulare del Commissario squillò.

«È per servizio».

Disse alzandosi.

«Mi scusi, Adele».

E si allontanò di qualche passo. Lo guardò attentamente. Era davvero un bel tipo: alto, ben piantato, doveva essere sulla cinquantina, sperò fosse scapolo, e si ripromise di stare attenta se, alla mano sinistra, portasse la fede. Era ancora assorta in quei pensieri quando il Patania tornò con la faccia scura, accigliato.

«Brutte notizie, hanno trovato la sua coinquilina, Marzia, annegata dentro alla vasca da bagno di casa sua».

«Quale casa?».

Chiese attonita.

«Via Argenteria vecchia, che è anche casa sua, no?».

Adele rimase basita.

«Scusi, ma lei quante case abita?».

Il Commissario sorrise, ma non era il solito sorriso simpatico che gli aveva conosciuto fin lì.

«Abito abitualmente in via Argenteria vecchia».

«Infatti, è quella casa sua; quella dove lei abita abitualmente..., non da sua mamma a Mondello o, sempre da sua mamma, al centro..., sì, so anche questo di lei, Adele, non me ne voglia..., è il mio mestiere di ficcanaso!».

Concluse, sorridendo ancora stentatamente.

«Ma non è di questo che dobbiamo parlare adesso, anche perché è ininfluente con quello che sta succedendo».

Disse, aspirando due boccate di fumo dal sigaro, con aria pensosa, senza più sorridere. Lei non riusciva a far altro che rimanere in silenzio. La faccia bella e tranquilla di Marzia passava nei suoi ricordi, velocemente, per dar posto ad altre facce che la spaventavano, facce di perfetti sconosciuti, orribili, ghignanti, e non capiva come mai li vedesse tanto bene, in ogni minimo particolare. Le sembrava di assistere ad un film che scorreva a velocità folle, mischiando ricordi veri con visioni terrificanti, partoriti dalla sua immaginazione sovreccitata. Due omicidi in due giorni erano troppi, soprattutto per una persona fragile come lei. Prima Bella Jelacq e ora Marzia.

«Mi ascolti, Adele, deve calmarsi, è necessario che lei rimanga lucida e attenta. La sua coinquilina è stata ritrovata mezz'ora fa. La polizia è stata avvertita da una telefonata dell'altra ragazza, Teresa, tornata a casa, alle tre e mezza. per prendere un libro che aveva dimenticato; l'ha trovata morta dentro la vasca da bagno. Adesso la scientifica è sul posto per la solita routine. C'è anche il medico legale che ha già stabilito, grosso modo, l'ora del decesso...»

«Quando?».

lo interruppe, come se per lei fosse stato importante sapere a che ora Marzia fosse morta.

«Alle due e trenta del pomeriggio, minuto più, minuto meno. Così mi hanno riferito al telefono. Lei, Adele, è arrivata in commissariato proprio a quell'ora..., sicuro. Anzi, le dirò di più..., alle quattordici e trenta, ha suonato l'interfono che mi avvertiva del suo arrivo, lo so di sicuro perché ho guardato l'orologio. Se questo può servire a calmarla, lei ha già il suo alibi. Almeno per questo secondo omicidio».

Precisò, poi aggiunse subito:

«Ma anche per il primo... non abbia timore, io credo che lei sia stata da sua cugina per via della tesi..., comunque sarò più preciso dopo aver chiamato Gabriella Papi a deporre. Adesso devo andare sul posto..., bisogna fare i rilevamenti, avvertire i parenti della ragazza. Lei sa dove abita la famiglia di Marzia?».

«Io so che non aveva nessuno al mondo, era una trovatella, adottata da una famiglia originaria del Trapanese, ma i genitori adottivi erano morti tutti e due. Era di salute cagionevole, soffriva di qualcosa che non ha mai spiegato bene, una specie di perenne anemia, a volte capitava che svenisse senza un apparente motivo. Una volta, mi ha parlato di un fidanzato molto geloso, mi ha detto che era inutile dirmi come si chiamasse, tanto non lo conoscevo e mi ha raccomandato di non spifferare in giro quanto avevo appreso».

«E va bene, lo scopriremo noi e parleremo con lui. Adesso devo lasciarla, Adele».

Le sorrise, le strinse un braccio e andò via. Lei si sentì persa, sola più che mai, incapace di mettere su un pezzetto di pensiero concreto, ragionevole. Il vento caldo le entrava negli occhi insieme al fumo dei gas di scarico delle auto, una cappa viscida e bollente le bagnava i vestiti, i capelli. La città, nell'insolito silenzio, scorreva velocemente e si attorcigliava su se stessa, come per sfuggire ad un'insopportabile sofferenza. Cominciò a piangere piano, poi venne fuori il primo singhiozzo forte, seguito a ruota da altri singhiozzi, sempre più forti, e non riusciva a capire se stesse piangendo per la morte di Marzia o perché si sentisse irrimediabilmente sola. Piangeva per la sua vita sprecata, per la sua laurea inutilizzata, per i suoi giorni sempre uguali e per quell'uomo così gentile e affettuoso che aveva appena conosciuto. Piangeva perché non aveva mai trovato il coraggio di vivere veramente. Camminò col suo solito passo incerto verso casa della madre. Sentiva più che mai il bisogno di averla vicina, di raccontarle tutto, di farsi consolare, fosse pure alla sua maniera, con quel fare autoritario e sprezzante, quella sua faccia ben truccata e improntata allo scherno, almeno quando parlava con lei: una figlia che non le rassomigliava, una figlia senza ambizioni.

«Devo essere stata la sua più grande delusione, un suo fallimento, forse l'unico, che non è mai riuscita a sopportare».

Pensò Adele, avviandosi verso la fermata dell'autobus che l'avrebbe portata in Via Belmonte. In realtà Valentina Settimo, dopo la nascita della figlia, aveva proclamato di non volere altri bambini.

«Chissà come se ne sarà pentita, vedendomi crescere in quel modo bislacco!».

Disse a se stessa la ragazza, asciugandosi gli occhi con la manica della camicia. Erano le 16.15, l'autobus si era intanto arrestato alla fermata. Lei vi salì sperando di non sentire il solito cattivo odore, sperando di non essere strattonata brutalmente da qualche passeggero incavolato e di non incocciare il controllore, visto che nemmeno questa volta, era in grado di pagarsi il biglietto Sulla vettura, non c'era confusione ma un caldo atroce nonostante l'autista tenesse le bussole aperte. Un leggero profumo di spezie orientali correva da una punta all'altra della lunga vettura, snodata al centro. Alle spezie si mescolava un delicato profumo d'incenso indiano e un soffio discreto ma pungente di aglio fritto e zafferano. Adele si calmò subito, sedette vicino a una donna grassa in sahri a fiori gialli e sorrise a un bambino nero che la guardava con curiosità.

Capitolo Quinto

Davanti al grande portone d'ebano, Adele si fermò
un istante. Il viso di Marzia le venne incontro dentro
una nebbia fitta, procurandole un dolore forte alle
tempie. Il cuore ricominciò a batterle precipitosamente e la assalì una grande nausea. Temette di mettersi a vomitare lì, davanti a uno dei palazzi più belli
di Palermo, in quella zona pedonale elegante, ricca di
negozi di lusso. Suonò al campanello tre volte; era il
suo solito modo convenzionale di suonare, infatti il
portone si aprì subito. Adele vi si appoggiò con le
mani, si sentiva debole e spaventata. La parte coperta
dell'androne, era sovrastata da un'altissima volta a
crociera, grigiastra. A sinistra stava da sempre la statua di Nettuno, a destra quella di una Venere sconosciuta, senza braccia e col naso rotto. Nettuno non
era stato deturpato, aveva una folta chioma inanella-
ta, frutto del lavoro certosino di qualche scultore del
posto. La Venere, poveretta, l'avevano sistemata lì da
un decennio ma, ben presto, qualcuno aveva pensato
a deturparla. Nel palazzo girava la voce, che l'autore
del misfatto fosse il portiere, un misantropo che, si
diceva, non sopportasse le donne. Forse, a seguito di
quella diceria, il poveretto si licenziò e andò a vivere
a Borgo Vecchio, uno dei quattro mercati storici di
Palermo. Adele aveva avuto una vera passione per

quell'uomo che le regalava un fiore, ogni qualvolta la incrociava sul portone. Il fiore cambiava a seconda delle stagioni. Lui lo recideva con due dita, gentilmente, da una delle tante piante dell'androne e glielo porgeva dopo averlo baciato. Adele era sicura che il portiere non fosse un misantropo e che non odiasse nessuno. Di recente lo aveva incontrato un paio di volte, sempre più magro, sempre più malandato. Dentro l'androne c'era poca luce, anche se la piccola lampada sul soffitto stava sempre accesa. L'ombra delle due statue si proiettava sul marmo bianco del pavimento, incrociandosi al centro. La guardiola del portiere era serrata e impolverata. Adele camminò lentamente, cercò di respirare forte, di farsi coraggio, di calmare i battiti scombinati del cuore. Raggiunse l'altra metà dell'androne, quello scoperto, dove si aprivano i due scaloni d'ingresso ai piani. Le pareti erano tappezzate d'edera rampicante, mentre tutto intorno una moltitudine di piante esotiche verdeggiava agli ultimi raggi del sole troppo giallo, sul cielo coperto di sabbia d'Africa. L'ipomea purpurea stava in trono, come una regina malinconica, ai bordi della vasca centrale, dove uno stentato filo d'acqua veniva fuori dalla bocca di un grifone in marmo. Tre altissimi bambù giravano intorno alla palma centenaria, ormai ammalata anch'essa di quella malattia che, da qualche anno, stava facendo avvizzire e poi morire tutte le palme, in città. La ragazza sedette sul bordo della vasca, aspirò l'odore molle e carnoso dei fiori che marcivano, sul fondo, in due dita d'acqua melmosa, verdastra e cattiva. Anche da bambina aveva sentito per quella vasca, per quell'acqua putrida, per quell'odore di carne marcia, una sorte di amore e di odio. Si era sempre intenerita al rumore leggero e uguale negli anni, del filo stentato che si ostinava a scorrere dalla bocca del grifone, ma allo stesso tempo, pensava che quell'orribile acqua stagnante la richiamasse con voce stregata per annegarla dentro al suo verde melmoso. La madre la canzonava per quella sua incredibile, stupida, paura della vasca.

«Ha solo due dita d'acqua, poveretta!»

Le diceva ridendo in quel modo tutto suo, rovesciando la testa all'indietro, chiudendo gli occhi celesti di fata.

«Figuriamoci cosa potrebbe succederti se anche ci cadessi dentro!».

E giù un'altra di quelle risate che ad Adele facevano scoppiare la testa.

«Hai detto che ti chiama con la voce stregata? Beh... e tu rispondile, che diamine!».

Concludeva tutta seria, di una serietà ancora più ironica, dove la figlia leggeva la delusione di una bella donna di successo che ha messo al mondo una creatura inetta. La siepe papalina di buganvillea occhieggiava in fondo al cortile, composta e dignitosa nel suo ruolo cardinalizio, sovrastata, quasi soffocata, da un pomposo glicine che l'aveva sempre fatta da padrone. Il banano nano e le chicas piantate dal nonno materno, si facevano largo a stento tra cespugli enormi di fiorellini gialli, di cui la ragazza dimenticava sempre il nome. I tre limoni nani erano carichi di zagara, i gelsomini arabi sparavano rami lunghissimi, oltre la tettoia in ferro battuto dove, vuota da vent'anni, stava silenziosa e nera la voliera di un uccello esotico, che aveva terrorizzato le sue notti di bambina solitaria. La finestra del salone di casa sporgeva sul cortile. Adele la vide illuminarsi. Tanto bastò per ricordarle il motivo del suo ritorno in quella casa, che non aveva mai sentito come sua. Si alzò, si riavviò con le mani i capelli e si diresse verso lo scalone di sinistra. Bastava fare una rampa di scale e avrebbe rivisto la madre. Una donna sui cinquant'anni le aprì la porta.

«Si accomodi, sua madre non è in casa. È scesa un attimo per gli ultimi acquisti, sa... domani partiamo per il ritiro spirituale a Cefalù».

Un leggero odore di sigaro veleggiava per la sala, insieme al profumo dell'eterno stecco di gelsomino dentro al vasetto di opaline, sulla consolle. Adele aspirò i due profumi con tenerezza. Le sembrò di tornare bambina quando, in casa, l'odore del sigaro di suo padre e quello del gelsomino intrecciato sullo stecco, bastavano a farla star bene. Pensò che qualche amico della madre, di quelli del bridge, per esempio, fosse stato lì a giocare.

«Scusi, io non ho il piacere...».

Disse Adele, sorpresa nel vedere a casa sua, quella sconosciuta.

«Capisco. Che sbadata!».

La donna sorrise ma il suo viso rimase arcigno, molto segnato da una ruga verticale, che quasi le divideva in due la fronte troppo alta. I folti capelli crespi e rossi, le davano un'aria malvagia.

«Lei forse non si ricorda di me, ma sicuramente mi avrà vista, qualche volta, al "Cammino dello Spirito" di Cefalù, molti anni fa, durante uno dei ritiri che ho fatto con sua madre..., nel 2000, non ricorda? E, in seguito, nel 2003...».

La donna restò come sospesa, la bocca aperta, aspettando da Adele un segno di attenzione, un assenso, un diniego, qualcosa. La ragazza ricordava di avere accompagnato la madre a Cefalù, un paio di volte, negli anni passati, ma non ricordava quella donna, anzi, di quei brevi ritiri al "Cammino dello Spirito", non ricordava quasi nulla, tranne l'atmosfera di pace e di grande bellezza delle terrazze sulle Madonie, da dove si abbracciava il mare e i paesini sulla costa, a perdita d'occhio.

«Mi aspettava, mamma?».

«Non la aspettavamo, sinceramente. Sua madre però aveva un presentimento dopo quello che ci ha detto Lorella, e anche Luca, il giardiniere di Mondello..., sua madre, infatti...».

Adele la fermò bruscamente con un gesto della mano.

«Aspetti, cosa le avrebbero detto quei due?».

L'agitazione le rifaceva galoppare il cuore, sentì il solito brivido gelato sulla schiena. Il viso di Marzia, annegata dentro la vasca da bagno di via Argenteria vecchia, si allargava sullo specchio dorato della consolle del piccolo ingresso. Tutto ad un tratto, le parole di quella strana sconosciuta, la facevano ripiombare nella storia orribile di due omicidi irrisolti, che lei avrebbe voluto a tutti i costi ignorare. La donna la guardava con una curiosità sfacciata.

«Niente ci hanno detto..., niente di che, si calmi! vuole un bicchiere d'acqua? Sieda!».

La mise a sedere di forza sulla prima sedia che le venne sottomano.

«Ecco, brava! che ci hanno detto quei due? niente! Che lei era stata alla villa, che ci aveva passato la notte e che era andata via verso le due di questo pomeriggio ..., e che altro? Insomma, siccome non ci va spesso, sua madre ha pensato che, magari, la stava cercando per parlarle e, visto che non l'aveva trovata a Mondello, sarebbe passata da qui».

Tirò un grosso respiro e incrociò le braccia sul seno, che aveva piatto, informe. Adele raccolse lo zaino, che le era caduto sul tappeto, ringraziò la donna e si ritirò nella sua stanza. Anche lì trovò lo stesso profumo di sigaro e gelsomino.

«Ma il giocatore di bridge che ci è venuto a fare nella mia stanza?».

Si chiese incuriosita. Fu un pensiero breve, la sua mente tornò ai due omicidi che la facevano andare fuori di testa. Pensò che lei, mai e poi mai, sarebbe stata in grado di gestire un problema tanto grande, pensò che magari l'avrebbero indagata, giudicata colpevole e messa in galera, senza aver fatto mai niente di male in vita sua. Era terrorizzata. Sentiva la paura prendere corpo e ingrandire a dismisura, tanto da cancellare il dispiacere per la morte della sua coinquilina. Adele ripensava al colloquio con il

commissario Patania, cercava di risentire quel senso
di benessere che l'aveva fatta star bene con quell'uomo dai modi gentili, provava a immaginare quegli
occhi scuri e profondi guardarla con dolcezza, provava a risentire la sua mano sul braccio, guidarla con
fare protettivo, provava a risentire quel magico odore
di sigaro..., già, l'odore del sigaro. Convenne con se
stessa che l'odore del sigaro del Patania era uguale a
quello che veleggiava per la sala e dentro la sua stanza. Il Patania era stato lì? Si prese subito in giro per
quel pensiero sciocco. Aprì la finestra su via Belmonte. Si accorse che fuori c'era ancora una luce abbastanza forte. Erano le cinque e mezza del pomeriggio e il sole mandava gli ultimi raggi obliqui, acidi e
infuocati, sui gazebo della zona pedonale. Dentro casa, invece, c'era quasi buio. Era stata sempre così
quella casa di città: buia e fredda anche in una giornata di scirocco. Le note di una canzone anni cinquanta le arrivarono dal piano bar all'aperto. Al pianoforte c'era un tipo con due treccine tisiche, bionde,
il naso lungo, le orecchie a sventola. Dalla sua finestra, al primo piano, lo vedeva molto bene. I pochi
avventori stavano quasi stravaccati sui tavolini, sudati e senza molte speranze di trovare sotto i gazebi un
po' di frescura. Un grosso cane si era accucciato ai
piedi del pianista, forse era il suo cane e avrebbe
aspettato che lui finisse il suo lavoro, a tarda notte,
per tornare a casa insieme. Adele chiuse le imposte

perché il vento le faceva sbattere forte. Accese la lampada sul comodino, vicino al letto. Vide subito un cartoncino colorato, appallottolato sulla coperta bianca. Incuriosita lo prese in mano; era stato strizzato con forza, con rabbia, e lei quasi non riusciva ad aprirlo. Sedette sul letto e avvicinò quella pallina di cartone alla luce della lampada; non c'era alcun dubbio, era l'arcano degli amanti, la stessa carta dei tarocchi che aveva visto in mano a Gioia Jelacq, nel retrobottega del La Corte, la stessa che aveva trovato alla villa di Mondello. La guardò meglio, cercando di stirarla con le mani e si accorse che aveva i quattro angoli esterni bruciacchiati.

«Le serve qualcosa?».

La donna, che le aveva aperto la porta di casa, era entrata senza bussare.

«Mi chiedevo se non le andrebbe un aperitivo, un bicchierino di marsala..., sua madre ha telefonato che farà tardi..., ha detto di non aspettarla per cena».

Adele guardò quella donna con un'inquietudine nuova, era come se facesse la parte della padrona di casa, si muoveva con disinvoltura, non bussava alle porte prima di entrare, parlava con fredda gentilezza, guardava con gli occhi miopi, stretti a fessura ma lontani, persi dietro qualcosa che la preoccupava molto, qualcosa che la innervosiva, facendole tremare un angolo delle labbra scarne, a tratti. Le sue mani, incrociate sul seno, avevano piccoli scatti inconsulti, come tremori improvvisi che lei cercava di trattenere.

«Aspetto mamma per cenare».

Disse la ragazza tenendo tra le mani la carta dei tarocchi, poi aggiunse:

«È sua questa carta?».

«Faccia vedere..., cos'è? Con questa poca luce non riesco a vedere niente».

Si avvicinò ad Adele, le sedette vicino sul letto, prese la carta e scoppiò in una risata forzata, gutturale, quasi come il verso allarmato del cuculo che aveva accompagnato la mattinata della ragazza, a Mondello.

«È una carta dei tarocchi di sua madre, un arcano maggiore, sì..., è l'arcano degli amanti. Ma dove l'ha trovata?".

«Era appallottolata sul mio letto».

«Impossibile».

«Non metta in dubbio quello che dico».

Sbottò Adele, ormai spazientita da quella presenza invadente che la metteva a disagio. La donna si alzò dal letto, buttò via la carta con rabbia e disse tra i denti:

«Capisco che lei sia esaurita, come spesso dice sua madre, ma non venga a prendersela con me!».

E sparì sbattendo la porta. Stava per ripiombare nel vortice di domande senza risposte quando squillò il cellulare. Questa volta, lo prese subito, come un'ancora di salvezza che l'avrebbe distolta da quell'angoscia crescente. Fu felice di sentire la voce d'Ignazio Patania.

«Commissario, buona sera».

«Salve, Adele, come sta?».

«Sono da mia madre, in via Belmonte, non sto bene per niente».

«Ha già cenato?».

"No. Mia madre ha avvertito che ritarda».

«Vorrebbe farmi compagnia? conosco una trattoria all'Olivella. Niente in contrario?».

«Niente»

«La vengo a prendere tra dieci minuti, sono nei paraggi».

E riattaccò senza darle nemmeno il tempo di salutarlo. Adele corse in bagno a fare una doccia. Si sentiva quasi felice e sapeva benissimo il perché: stava almanaccando qualcosa di forte nei confronti di quell'uomo che la faceva star bene solo a guardarla. Pensò che, poi, avrebbe pianto. Pensò che sarebbe finita prima di nascere. Pensò che era una stupida senza rimedio. Pensò che una che si fa illusioni anche a quarant'anni non ha nemmeno diritto alle attenuanti generiche.

«La galera a vita ti dovrebbero dare, Adele!».

Urlò, mentre apriva il rubinetto della doccia, ma ancora si sentiva quasi felice. Era passato un quarto d'ora e lei era già pronta. Aveva indossato un paio di jeans puliti, trovati sul fondo di un cassetto, una canottiera nera e l'unica giacchetta elegante che aveva nell'armadio, anche questa regalo di sua madre. Si accorse con vergogna di non possedere una borsa oltre allo zaino vecchio che portava sempre, così decise che avrebbe fatto a meno di una borsa; le tasche dei jeans, anche se strette, potevano contenere le sigarette e il cellulare. Ricordò di non avere le chiavi di casa: poco male, le avrebbe aperto sua madre, che per l'ora in cui lei fosse rincasata, sarebbe stata sicuramente a casa. Si era asciugata i capelli col phon, lasciandoli sciolti, aveva passato un po' di ombretto scuro sugli occhi e si era guardata allo specchio dora-

96

to della consolle dell'ingresso, sbirciando soltanto, con la paura di trovarsi inadeguata ad uscire a cena con un uomo. Stava ancora sbirciando sullo specchio, quando squillò il cellulare. Adele lo guardò con sospetto, tremava all'idea di un ripensamento del Patania o di qualsiasi altra cosa che potesse sfasciarle la serata. Era il commissario.

«Adele scenda, sono sotto il portone di casa sua»

«Al numero 56?».

Disse meccanicamente per mordersi subito dopo la lingua.

«E dove se no?».

L'uomo rise piano.

«Scendo subito».

«Senta, Adele, è sola?».

«Qui a casa?».

«E dove se no?».

L'uomo stavolta non rise, anzi, dal tono della voce, sembrò preoccupato.

«No. C'è un'amica di mamma. Dice che andrà con lei al Ritiro»

«Ah! Va bene..., senta, non le dica che sta uscendo con me».

«Perché?».

«Poi glielo spiego..., scenda in fretta, l'aspetto!».

Di colpo, il piccolo ingresso piombò nel buio, qualcuno aveva spento la plafoniera. Adele raggiunse a tentoni l'interruttore della luce, sulla parete a destra. Niente da fare. Era andata via la corrente elettrica. Chiamò l'amica della madre.

«Signora, è successo qualcosa? Non c'è luce! Dove caspita è? Signora...».

Rifletté che non sapeva nemmeno che nome avesse quella donna inquietante e sfacciata. Ad un tratto, senti una folata gelida investirla in pieno. Rabbrividì. Tese le mani in avanti, come a difendersi da un attacco improvviso, capì di trovarsi in pericolo. Continuò a chiamare la signora senza ottenere nessuna risposta. Un rumore ritmico proveniva dal soggiorno, come un battere di martello sul muro. Si fece coraggio e cercò la strada per raggiungere il soggiorno, per capire cosa stesse succedendo, in quella maledetta casa. Sentì squillare il cellulare e pensò dovesse essere il commissario che la richiamava per chiederle che fine avesse fatto. Tornò sui suoi passi, cercando di dirigersi verso l'ingresso, dove pensava di averlo la-

sciato, ma la folata gelida la investì ancora e questa
volta sentì anche due mani stringerle la gola, graf-
fiandola. Cercò di urlare, ma non le uscì dalla gola
che un debole gemito. Cercò disperatamente di svin-
colarsi, ma la stretta al collo si faceva sempre più
salda, più forte. Sferrò allora un calcio all'indietro nel
tentativo di colpire alle gambe il suo aggressore:
niente. Colpì il vuoto più assoluto. Tentò, allora, raccogliendo tutte le sue forze e ordinandosi mentalmente, di trovare uno straccio di calma, di afferrare
le mani che le serravano la gola: niente. La sua gola
era libera, non c'erano mani che la stringessero. Cominciò a tossire, a urlare, in preda ad una crisi di
nervi. Cadde riversa sul pavimento perdendo i sensi.
Quando rinvenne, si stupì molto di trovarsi distesa
sul suo letto; la luce della lampada sul comodino, era
accesa. Dal piano bar arrivavano le note di un tango
antico. Il cellulare, sul davanzale, mandava il segnale
di un messaggio. Provò ad alzarsi ma un forte capogiro le impedì perfino di sollevare la testa. Restò
ferma a riflettere su quello che era accaduto ma non
ricordava quasi niente. Le era rimasto addosso un
senso gelido di terrore e nient'altro. Dopo qualche
minuto, riprovò ad alzarsi e lentamente raggiunse la
finestra. Cercò di leggere il messaggio ma, contem-
poraneamente, lo squillo del cellulare l'avvertì di una
chiamata in corso.

«Allora, Adele, s'è pentita di far compagnia a un vecchio scapolo?».

«Scendo subito».

Mormorò e chiuse la conversazione senza aggiungere altro. All'ingresso trovò l'amica di sua madre, col solito sorriso finto sulle labbra scarne.

«Esce?».

Le chiese con voce inespressiva, remota, come se a parlare non fosse lei ma qualcuno di là, in cucina.

«È andata via la luce per qualche minuto, stavo per raggiungerla, ma lei non era in camera».

«No? E dov'ero?»

Chiese Adele, pentendosi subito di quella domanda sciocca.

«Non saprei..., se non lo sa lei..., forse era in bagno a prepararsi, vedo che s'è cambiata d'abito, esce?».

Ribatté la donna. Adele ricordò che il Patania le aveva raccomandato di non dire niente a nessuno di quell'invito a cena.

«Cena fuori?».

«Non so, non ho fame, esco a fare un giretto giusto per prendere un po' d'aria».

«Prenda le chiavi di casa..., non si sa mai, potrebbero servirle».

«Mamma sarà sicuramente rientrata, quando tornerò, non serve che io porti le chiavi con me, non saprei dove metterle, non sto portando la borsa».

«Le prenda».

Incalzò la donna, con quella voce atona che sembrava davvero non provenire da lei ma da qualcun altro, da un'altra stanza. Controvoglia Adele prese le chiavi e chiuse la porta alle sue spalle. Scese le scale di corsa, in tutto quell'inferno di giallo shurhùq, un vento freddo le soffiava sulla schiena, quasi come una presenza reale, massiccia, minacciosa. Le era spesso successo di avvertire strane presenze, sia in casa che sulle scale e perfino nel cortile. La madre diceva, ridendo, che molte anime perdute abitavano quella casa, da sempre. Ma lo diceva come se lei, per prima, non ci credesse. Adele, nel tempo, si era abituata a convivere con l'idea di quegli esseri invisibili, aveva però fatto di tutto per non lasciarsi scappare nulla di bocca, nel timore che qualcuno avesse potuto prenderla in giro. Anche quando sua madre ammetteva pubblicamente, che in casa e in villa succedevano strani eventi, anche quando confessava alle amiche di aver lei stessa paura, non smetteva di ridere, così che ad ascoltarla, si aveva l'impressione che stesse inventando tutto quanto per terrorizzare i creduloni. Adele inciampò sulle siepi spinose di quei fiorellini gialli, dei quali dimenticava sempre il nome. Imprecò contro la selva di piante, contro quel palazzo stupido, contro le anime perdute, contro la sua vita, se possibile ancora più stupida di tutto il resto. Nell'androne coperto pioveva il fioco riverbero della lampada dall'alta volta a crociera, grigiastra, fuligginosa, tetra. Il Nettuno e la Venere proiettavano ancora le loro ombre lunghe sul pavimento di marmo, ma questa volta la ragazza ebbe la sensazione che le vecchie sculture la guardassero ironicamente, con gli occhi ciechi e profondi; temette quasi di vedere il Nettuno muoversi, scendere dal piedistallo di ferro per andarle incontro, per impedirle di uscire fuori dal portone. Si fermò un istante per calmarsi, si ravviò i capelli con le mani, vide la lampada sul soffitto ondeggiare forte, al vento caldo che soffiava furiosamente muovendo le ombre e sibilando tra le foglie delle piante del cortile. Adele non ebbe dubbi: era un vento greve di quelli che promettono una notte insonne e che la mattina dopo chiudono la città dentro una bolla di calore umido, sigillata da un cielo plumbeo, pesante, avvelenato. Ignazio Patania stava appoggiato su una moto nera che, ad occhio e croce, doveva essere una specie di cimelio. Adele non ne capiva nulla di motori ma quella moto le piacque subito. L'uomo sembrò, come d'abitudine, leggere nei suoi pensieri.

«È una moto Guzzi del '50».

Disse con la voce di un bambino che dà informazioni sul suo giocattolo preferito,

«Un Falcone».

E continuò, sciorinando le informazioni che ritenne più importanti, intanto che con una mano stringeva il braccio della ragazza e con l'altra distribuiva pacche affettuose sulla moto.

«Classico monocilindrico orizzontale, cambio quattro marce con comando a pedale...».

Si fermò a mezz'aria, forse intuì che quella descrizione particolareggiata, a una digiuna di motori, non diceva granché,

«Insomma».

Concluse.

«Un fenomeno!».

Le porse il casco che teneva dentro un borsone di cuoio legato alla moto, e la aiutò a montare con un largo sorriso. Percorsero via Ruggero Settimo a passo d'uomo. Erano quasi le sette di sera, cominciava

l'ora di punta e il traffico si era fatto talmente inten-
so, che diventava una sofferenza perfino mantenere
un'andatura decente: la moto sembrava volesse
schizzare fuori dagli ingorghi, soffiava e sbuffava ad
ogni cambio di marcia, facendola sobbalzare sullo
stretto sedile posteriore. Su via Macqueda non andava meglio; anche lì le auto prendevano l'andatura di
strane bestie metalliche dentro un gregge nervoso,
impaziente, ingrugnato ma stranamente silenzioso. Il
Patania svoltò per un vicolo che aveva tutta l'aria di
un budello lungo e stretto, scivolato fuori dallo stomaco nero della città. Dai balconi, fitte frange di bucato si contorcevano su se stesse in una specie di
danza tribale, alle folate calde e umide dello shurhùq.
Lenzuola candide inghiottivano il vento gonfiandosi
fino a sembrare disperati spettri incatenati al filo della biancheria. Si urtavano tra loro lanciando piccoli
urli, mugolii di rabbia, sbattevano con rumori alti e
secchi sui muri decrepiti dove cresceva l'erba vento,
selvaggia, invadente, dall'odore agrodolce della muffa antica, malinconica regina del quartiere. Trame di
luce gialla, leggera, piovevano dagli interni umidi e
soffocanti, dove frotte di bambini e vecchi stavano
riversi sulle ringhiere di ferro dei piccoli balconi. Gli
adulti avevano portato fuori le sedie e gli uomini fu-
mavano a torso nudo, senza parlare, sfiniti dal caldo.
Bisognava andare piano su quei budelli stretti, bisognava stare attenti a non investire qualche poveretto

seduto fuori, nell'illusione di trovare un po' di tregua a quell'inferno. Bisognava dare la precedenza alle auto che saettavano veloci, fregandosene delle sedie e delle persone, con lo stereo a tutto volume, con la canzone che proclamava al mondo intero, l'amore per una donna traditrice o il dolore di un giovane carcerato, al quale stava per morire la madre. Davanti ad una buca più profonda delle altre, il Patania prese una mano della ragazza e se la passò davanti, sul petto, ad evitare che potesse sbalzare dalla moto. Lei fece lo stesso con l'altra mano, così che si ritrovò abbracciata a quell'uomo che sempre più la faceva star bene, che la faceva sentire quasi felice. Avrebbe voluto che la moto andasse per tutta la notte attraverso la città infuocata, tra la moltitudine di gente addormentata sui balconi, tra i gatti padroni dei cassonetti della spazzatura traboccanti, tra gli stereo che scoppiavano, raccontando le tragedie e gli amori di un popolo tragico, esagerato, comunque infelice, tra gli spettri annidati negli androni antichi, dentro le fontane con due dita d'acqua marcia, negli occhi ciechi e profondi delle statue di marmo deturpate.

Capitolo Sesto

Piazza Bara all'Olivella, meglio conosciuta come
"Fuso Orario", brulicava di una fauna tutta da scoprire, una vera manna del cielo per l'attitudine principale di Adele: guardare fissamente e per delle ore i suoi
concittadini, buona e quieta, senza distogliere lo
sguardo, peggio di un cane da ferma. Generalmente i
pub, le trattorie, le rosticcerie, i bar del quartiere, praticano prezzi "politici", accessibili a tutte le tasche
dei frequentatori, generalmente gente squattrinata,
studenti, artisti, clochards e punkabestia. Questi ultimi si mettono accovacciati, con grappoli di cani intorno, sui gradini della chiesa barocca di Sant'Ignazio
o su quelli dell'oratorio di San Filippo Neri, che stanno vicini sullo stesso lato della piazza. Adele, di quel
posto, amava tutto. I Rasta, i punkabestia, i pearcing,
i pesci fritti, i cani, le facce annoiate, il rumore in
ogni sua sfaccettatura, qualunque fosse la sua origine, canzone napoletana di striscio, saettante dentro
una Fiat punto, musica indiana svolazzante da dietro
l'imposta accostata di una sala da the, al primo piano
di un palazzo cadente, dentro un vicoletto inagibile.
Aspirava con una sorta di religiosità l'aroma del pat-
chouli mischiato al profumo della tuberosa nei vasi.
Mandava giù nei polmoni, come fosse stata una me-
dicina per calmare il cuore, l'intima essenza del gel-

somino sdraiato sui letti verginali dei muri corrotti dalla lebbra, spudorati nel mostrare la loro nuda miseria. L'aria delle viuzze che si aprivano a raggiera dalla piazza, trasportava la ragazza, nella dimensione esaltata di esperienze mentali e psichiche fuori dal normale, in uno stato di beatitudine che la faceva sentire migliore di tanti altri nella sua diversità, nel suo infantilismo, nella facile eccitabilità dei suoi sensi sempre allarmati. Ignazio Patania le mise una mano sul braccio, com'era solito fare, e la guidò con maestria tra i grappoli di cani dei Rasta, tra le sporcizie straripanti dai tre cassonetti della spazzatura, accostate al magnifico portone dell'oratorio. L'uomo la spingeva, con mano ferma e gentile, aiutandola a schivare le bottiglie vuote di birra buttate per strada, le sedie rotte lasciate oltre i marciapiedi, gli spintoni di qualche ragazzo ubriaco o "fumato", o tutte e due le cose insieme. Svoltarono per un angolo semibuio e sembrò di stare dentro una casa. Il ristorante, infatti, prendeva tutta una piazzetta quadrata. Per tetto aveva dei gazebo blu scuro, da dove scendevano a diverse altezze, lampade colorate, incensiere e batik con rappresentazioni sacre. I tavoli, e le sedie in legno scuro, erano sistemati sopra vecchi tappeti indiani. Lungo il perimetro della piazzetta, correva una lunga striscia di plastica trasparente, intelaiata in cornici di legno rosso. Sulla plastica, realizzate con le bombolette spray, dei disegni raffiguranti divinità indiane, lievi-

tavano in un cielo verde smeraldo. Lo scirocco pene-
trava appena, dentro quella sorta d'interno misticocu-
linario. Gli avventori erano pochi e l'aria, nonostante
il greve odore dell'aglio fritto e dell'incenso, era abbastanza gradevole, quasi fresca. Un giovane indiano
col sahri in seta bluette, lasciò sul loro tavolo due
menu e un piatto di chapati, con un mezzo inchino.
Ordinarono due porzioni di hjnga curry, dei pakora e
due enormi mousse di fichidindia con salsa al rabar-
baro. Per il vino, il Patania volle andare sul sicuro, e
ordinò del Chiarandà gelato che, disse, ci andava a
nozze con i gamberi al curry. Le pietanze arrivarono
lentissime ma Adele e il commissario non si dispiac-
quero per nulla dei tempi lunghi tra una portata e l'altra, anzi ordinarono ancora del chapati, dei dischi
sottili di pane fragrante, e altri due piatti di pakora,
piccole frittelle di verdure molto speziate e dell'altro
vino.

«Come si chiama l'amica di sua madre? Quella che
sta a casa vostra...».

«Non lo so».

«Ma non si è presentata?».

«No. E io non ho pensato a chiederle il nome..., in
effetti mi ha fatto subito antipatia, è una donna sulla
cinquantina, alta, magra, inquietante...».

«Perché "inquietante?"».

La interruppe il commissario, un po' accigliato.

«Non saprei come dire, ha un modo di fare che mi mette a disagio..., ma io potrei anche sbagliarmi, magari mi sta antipatica e basta».

«Le ha detto che sarebbe uscita con me?».

"No. Ho fatto come lei mi ha detto: muta!».

«Beh, non che fosse proibito dirlo, ma visto che sono il commissario che segue il caso... sì, insomma, i due omicidi delle donne che, bene o male, lei conosceva...».

Le si avvicinò ad un orecchio e le disse adagio:

«Adele, io sto qui con lei come un uomo qualunque, non come il commissario Patania..., lei fa parte della mia vita privata».

E le restò molto vicino, guardandola con gli occhi neri e sereni che la confondevano un poco.

«Ma faccio anche parte della sua indagine sugli omicidi, vero commissario?».

Disse la ragazza, cercando di apparire più calma possibile.

«Sì, certo, non lo nego..., ma adesso no. Adesso siamo un uomo e una donna che hanno il piacere di stare insieme, qui».

E, con un gesto largo delle braccia, inglobò tutto quanto quello strano interno.

«Abbiamo mangiato bene, bevuto altrettanto, e, se non suona il cellulare di servizio, posso dire di essere un uomo del tutto fortunato».

Rise, avvicinandosi ancora una volta alla ragazza. A squillare fu il cellulare di Adele. Era Teresa, parlava a tratti, stava piangendo.

«Adele, forse mi sospettano della morte di Marzia e della Jelacq, mi vogliono incastrare..., quel commissario Patania mi ha messa in croce, dalle quattro alle sei. Non ce la faccio più. Non ho uno straccio di alibi..., mi puoi aiutare?».

«Dove sei?».

«Per il momento mi hanno lasciata andare, ma non sono al sicuro».

«Dove ti trovi adesso?».

«Dove? Un amico mi fa dormire a casa sua, sempre lì alla Vucciria, ma mi ha detto che non può tenermi per molto tempo, un giorno o due, mi ha detto».

«Perché dici di non essere al sicuro? Che succede, Teresa, per carità! mi fai star male!».

«Non sono al sicuro, ti dico..., tu, piuttosto, dove ti sei nascosta? Dimmi dove sei, voglio stare con te».

«Io stasera dormirò da mia madre, in via Belmonte»

«Ti raggiungo subito...».

«Non subito».

La interruppe, sconvolta, Adele.

«Vieni tra due ore».

«Perché tra due ore? Ho paura, Adele. Al mercato ci sono brutti ceffi, parenti della morta, mi vogliono fare la festa..., non so come, ma sicuramente hanno saputo che sono indagata e tutto il resto! E meno male che non s'è ancora visto il fidanzato di Marzia!».

Si mise a singhiozzare forte. Adele scostò il cellulare dall'orecchio e guardò il commissario che stava accendendo un sigaro, con un'aria che non gli conosceva, un'aria molto preoccupata. La ragazza cercò il suo sguardo, ma lui continuò a tenere gli occhi bassi sul sigaro e sull'accendino, come se quell'operazione gli risultasse molto complicata.

«Ascolta Teresa, non posso dirti altro. Ti aspetto tra due ore a casa mia. Stai calma, se ci riesci. È meglio. A dopo».

Il ristorante si era riempito di gente vociante e dei gruppetti aspettavano che si liberasse qualche tavolo. Il Patania chiamò l'indiano col sarhi bluette e pagò il conto. Evitava di guardarla. Lei lo capì e rimase in silenzio fino a quando raggiunsero la moto. Prima di partire l'uomo la strinse a sé come fa un adulto per consolare una bambina, disse:

«Non ti preoccupare, Adele, non ti succederà niente di male, ti starò vicino ma...».

E alzò un dito, proprio come si fa con i bambini quando vuoi che ti obbediscano senza ribattere.

«Stasera tu non dormirai in via Belmonte e la tua amica Teresa andrà da qualche altra parte. Tu starai con me, a casa mia...».

Adele sussultò, stava per parlare, ma l'uomo la incalzò, alzando un poco la voce:

«Niente obiezioni, devi fare come ti dico io, e poi nemmeno casa tua mi piace, e non mi piace l'amica di tua madre e nemmeno tua madre!».

"Cosa c'entra mia madre? Lei la conosce?».

La ragazza continuò a dagli del "lei", intimorita da quell'espressione preoccupata che non gli conosceva ancora.

«Forse c'entra o forse no. Se la conosco? Sto facendo indagini su due omicidi, non lo dimenticare. Non lascio niente di intentato, tutte le piste sono da seguire..., ma non farmi troppe domande, Adele, non posso risponderti. Quello che m'importa in questa brutta faccenda è che tu ne esca sana e salva».

Le prese il mento con due dita.

«Ti fidi di me? Anche se mi conosci poco, ti fidi?».

Lei disse di sì con la testa.

«C'è una cosa che non le ho detto prima..., un vecchio gobbo, che vende giornali usati, alla Vucciria, mi ha fermata proprio quando stavo uscendo dal retrobottega del La Corte, dove Gioia Jelacq...».

"Sì, ricordo..., dimmi del vecchio".

«Niente..., mi ha detto che le due sorelle si odiavano, che litigavano e che lui sapeva che, prima o poi, si sarebbero scannate. Poi aggiunse di chiedere a mia madre se avessi avuto dubbi su quello che lui mi aveva appena detto».

«Perché non me lo hai detto prima? Al commissariato, voglio dire. Tu dici le bugie Adele? Ti viene facile mentire?».

La ragazza arrossì, stava per mettersi a piangere, disse di voler andar via.

«Non devi andar via, devi soltanto rispondere a questa domanda: ti riesce facile mentire?».

«A volte sì».

Disse Adele, evitando di guardarlo negli occhi.

«Non so perché ho mentito stavolta..., le chiedo scusa...».

«Non parliamone più, dimmi piuttosto, tua madre veniva a trovarti?».

«Mai».

«Magari è andata a vedere dove eri andata ad abitare, a tua insaputa...».

«Non credo, mamma detesta i mercati in generale».

«Ho capito. Ma una madre vuole sapere dove sia andata a finire la figlia, o no?».

«Credo di sì, ma non mia madre».

Il commissario non fece alcun commento, le tolse il cellulare che lei teneva ancora in mano, lo spense e glielo restituì, poi l'aiutò a montare sulla moto, le allacciò il casco e partirono dal Fuso Orario che erano quasi le dieci. Il vento fischiava tra i vicoli bui del quartiere, mentre il calore umido aumentava sopra la città stremata, insonne, fuori dalla grazia di Dio. L'orologio dell'oratorio di San Filippo Neri suonò sei rauchi rintocchi, sbagliando come sempre l'ora, ma tanto nessuno gli badava. Da via Macqueda, svoltarono all'altezza della chiesa della Martorana, infilarono la Discesa dei Giudici, attraversarono via Roma, tagliarono dal mercato dei Lattarini e dopo qualche minuto raggiunsero piazza Magione. Il Patania conosceva ogni piccolo trucco per accorciare la strada e Adele ebbe l'impressione che prendesse anche qualche controsenso. Il quartiere della Magione era in uno stato pietoso di catalessi. Si sentiva che la gente era sveglia, ma non si vedevano che sagome nere, stravaccate sui balconi, chi a terra su un materasso, chi su una sedia sdraio, chi riverso sulla ringhiera a prendere al volo anche il più leggero soffio d'aria respirabile, che avesse avuto l'audacia di sfidare lo scirocco. Gli striminziti filari di alberi sulla piazza sembravano anch'essi corpi catatonici, messi lì ad aspettare che tutto quel fuoco si tramutasse in acqua, in torrenti di pioggia, in diluvio universale. Da lontano si avvicinò un rumore simile ad un tuono minacciante la tanto desiderata tempesta; ma era soltanto una Punto rossa che, completamente impazzita, scuoteva i vetri delle case col suo stereo sbraitante...

«O more acciso o va 'n'galera! Stongo accussì e prego 'a Madonna, nun sputo 'ncielo ca 'nfaccia me torna...».

L'ultimo figlio di Franceschiello Dio Guardi arrochiva e piangeva sulla sua sorte maligna e avvertiva tutto il quartiere della decisione presa in quella notte incendiata. E l'incendio c'era davvero, all'angolo della casa del commissario, dove lui aveva posteggiato la moto senza catena, che tanto tutti sapevano a chi appartenesse e non la toccavano.

«Qualcuno ha dato fuoco ai cassonetti della spazzatura».

Disse il Patania, storcendo la bocca.

«Stanotte, oltre al fuoco dello scirocco, abbiamo anche il fuoco della munnizza..., ottimo!».

Prese il braccio di Adele e la guidò su per la scala che sapeva di calce e di vernice fresca. Per le scale non era ancora arrivato il fumo del cassonetto dato alle fiamme.

«Si accomodi, o vuole che la prenda in braccio per farle varcare la soglia?».

117

La ragazza non capiva se dovesse ridere o schermirsi, sottrarsi in qualche modo a quell'intimità che cresceva ad ogni minuto, ad ogni gesto, ad ogni parola. La casa era un grande monolocale, arredato con mobili antichi. I pochi pezzi nuovi erano quelli relativi ai servizi e alla cucina. Lui, il padrone di casa, descriveva il locale nei minimi particolari; si capiva subito quanto ne fosse fiero, quanto amore avesse investito in quella casa e quanto la sentisse sua, creata per starci bene dentro "come un topo nel formaggio" disse ridendo. Poi andò sul balcone e accese il mezzo sigaro che gli era rimasto in tasca. Adele lo seguì e prese una sigaretta stropicciata dal pacchetto dentro alla tasca dei jeans. Lui gliela accese e restarono a guardare le fiamme alte e nere del cassonetto che bruciava all'angolo della strada, come se stessero guardando il mare in una sera di luna piena. Lo stereo trasvolò per l'ultima volta, obliquo, minaccioso, sulla piazza, mentre un acuto soprannaturale scassò i timpani delle figure nere in catalessi, riverse sui balconi:

«Non sputo 'ncielo 'nca faccia me torna...».

La chiesa normanna della SS. Trinità del Cancelliere suonò le dieci e mezza, sopra un silenzio che sapeva di fumo acre, di imprecazioni contro la cappa infuocata di un cielo di ferro fuso, lontano, indifferente e spento sopra una Palermo sfinita. Il commissario prese il cellulare e chiamò i vigili del fuoco.

«Buonasera, sono il commissario Patania..., capisco il manicomio che avete stasera, ma bisogna spegnere alcuni cassonetti in fiamme, vicino casa mia, in Piazza Magione, angolo via Garibaldi. Grazie e buon lavoro».

Dal giardino di Palazzo Jung, arrivò il verso allarmato del cuculo, come una sirena che non si sarebbe spenta più.

Capitolo Settimo

Una caligine pesante si riversava sulla casa, dal balcone spalancato sulla piazza. Adele si alzò dal letto, cercando di far piano per non svegliare il commissario. Fuori gli ambulanti gridavano la loro mercanzia, con gli stessi accenti accorati della canzone strepitata dallo stereo, la sera prima. Il basilico, le melanzane e il pomodoro, i fagiolini piccoli piccoli e ogni tipo di frutta. Dopo qualche minuto si aggiunse al coro, il venditore di pesce, che quel giorno aveva portato le sarde e i calamari. Gli strilli accorati cadevano nel vuoto, uno ad uno. I balconi e le finestre della piazza si chiudevano in fretta, il sole bruciava, nessuno sembrava avere il coraggio d'uscire di casa, le mosche ronzavano forte sul tavolo di cucina, sopra una tazza con un dito di latte dentro. Adele si chiese dove fossero la caffettiera e il caffè. Camminò cautamente fino al bagno dove si tolse il grande pigiama del commissario, e si rivestì. Cercando sempre di non fare troppo rumore, raggiunse la cucina, separata dal resto del locale da un muretto di vetrocemento. Trovare caffettiera e caffè fu facile. Stavano sul tavolo vicino alla tazza con un dito di latte. Un leggero russare proveniva da dietro il separé di plexigas opaco, dove aveva dormito, su un divano, il commissario. La ragazza, dopo aver messo sul fuoco la caffettiera,

lavò la tazza del latte, passò una panno umido sul tavolo di cucina e sedette su uno sgabello aspettando
che il caffè fosse pronto. L'orologio sulla parete se-
gnava le otto. Alle otto e dieci, dopo aver preso il
caffè, andò via. L'impatto con il mondo esterno fu
dei peggiori. Appena fuori dal portone, la investì
un'ondata malefica di calore che sembrò schiaffeg-
giarla su tutte e due le guance. Sentiva i polmoni rifiutarsi di mandare giù quella miscela di vapore ac-
queo giallastro. Adele, durante i mesi torridi, stava
molto male. Diventava più fragile e nervosa. Spesso,
le succedeva di rimanere in casa, per un'intera settimana. In quei giorni di clausura forzata, rimaneva a
letto, debole e stremata, con i balconi chiusi e l'aria
condizionata sempre accesa. Il ronzio del condizionatore le faceva scoppiare la testa, il senso di claustro-
fobia la faceva rigirare nel letto senza trovare né sonno, né pace. In quei giorni, le succedeva di cadere in
una specie di torpore pesante. I fantasmi, evocati dalla sua paura di vivere, prendevano forma, sfinendola,
provocandole, a volte, delle allucinazioni. Quando
tutto tornava normale, a lei rimaneva addosso soltanto un vago ricordo di quegli incubi. Si chiese cosa fare e dove andare. Sentì i jeans aderirle addosso come
una lamina rovente. Il primo pensiero fu quello di fare una doccia fredda e cambiarsi, ma dove? Ripensò
alle sue coinquiline, a Marzia annegata nella vasca da
bagno e a Teresa spaventata a morte, perché i parenti

della Jelacq le avrebbero voluto fare la festa. Questi pensieri la portavano, comunque, ad accettare tutto quello che era successo e tutto ciò che ne sarebbe derivato, con la rassegnazione che, da sempre, le aveva fatto abbassare la testa davanti alla vita. Non si chiedeva chi fosse stato ad uccidere le due donne e perché lo avesse fatto. Per la morte di Marzia, non avrebbe potuto dire di provare un vero dolore, non sentiva nemmeno una particolare pena, per la situazione orribile in cui si trovava Teresa. Lei avrebbe voluto soltanto buttarsi tutto dietro alle spalle, perché cosciente di non essere in grado di aiutare nessuno, di non essere buona a niente, nemmeno ad evitare di farsi del male da sola. Sua madre l'aveva sempre accusata d'egoismo, proprio per il suo modo di scappare davanti alle difficoltà.

«Non ha mai capito niente di me!».

Disse Adele, rivolta all'ultima sigaretta rimasta, che non sapeva con che cosa accendere:

«Ecco quanto sono organizzata io! Ho le sigarette e non ho mai l'accendino, ho, teoricamente, tre case e non so dove andare a lavarmi, ho passato la notte a casa di un uomo che mi piace e ho dormito da sola, che nausea!».

Concluse alzando la voce. Un ragazzino, che se ne stava sdraiato sul cassoncino posteriore di una motoape verde, la guardò con curiosità e le chiese se volesse accendere. Era magrissimo, biondo, con gli occhi azzurri, poteva avere dieci anni, non di più.

«Sì, grazie».

Disse Adele.

«Ho dimenticato a casa l'accendino e...».

«Seee, dimenticato! Che mi vuole prendere in giro? ha detto che non ce l'ha, che non sa dove andarsi a lavare e che c'è uno che le piace..., insomma, non è che ho sentito tutto..., ma che fa? Si nasconde?».

Le fece notare con insolenza, il piccolo normanno.

«Io?"».

«No. Io!».

Esclamò il ragazzino con una smorfia.

«Signorina, allora, l'accendiamo sta sigaretta o ci ripensò e si levò il vizio di fumare?».

Le strizzò un occhio, sorridendole. Adele ricambiò il sorriso, lui tirò fuori un accendino cromato e la fece accendere.

«Non se ne trova una in più, per me?».

Le chiese con gli occhi furbi e la voce sincopata dei palermitani della Magione.

«Ma non sei troppo piccolo, per fumare?».

Gli chiese Adele, facendo lo sguardo furbo anche lei.

«Miii, quante storie! me la dai la sigaretta o no? guarda che non c'è problema, me la faccio dare da un altro..., qua sono tutti amici miei. La vedi questa Ape? È di mio fratello. Vendiamo lo sfincionello a quelli della scuola di fronte».

«Ti giuro che, questa qui, è l'ultima sigaretta che mi resta...».

«Vabbè, vabbè..., che ci fa? Ora me la faccio dare da quello!».

Fischiò, con due dita sulle labbra, ad un tipo che se ne stava con un piede appoggiato sul muretto di fronte ad occhi chiusi.

«Attia cucinu».

Lo apostrofò, ridendo.

«Me la devi dare una sicarietta?».

L'uomo si mosse, facendo uno sforzo enorme per staccarsi dal muro, posò a terra il piede che vi teneva appoggiato e si mise diritto scrollando la testa da una parte e dall'altra, come in preda alla disperazione.

«Minchia, un sinni po' chiù, un sinni po'!».

Esclamò a voce alta.

«Havi d'aieri sira ca stu sciruoccu ci scassa i palli!».

Si avvicinò al ragazzino sulla motoape, cercò dentro alla tasca dei pantaloni, tirò fuori un paccheto di Marlboro e glielo porse.

«Teccà, pigghiatillu tuttu, chi t'havi a drari? cinni sunnu tri... uora io m'accattu, akkei?».

L'uomo se ne tornò sul muretto di fronte, alzò un piede, ve lo appoggiò sopra, sputò a terra, e richiuse gli occhi. Il ragazzino accese con ostentata disinvoltura la sigaretta, aspirando la prima boccata di fumo ad occhi chiusi:

«Ah! vieni u cuori, vieni!».

Poi le sorrise, spianando le rughe della sua faccia di vecchietto che sapeva tutto quello che c'era da sapere, della vita e degli uomini.

«Lo vuoi lo sfincionello, ah?».

"Boh...».

Fece Adele.

«Non ne hai fame?».

"Con questo caldo...».

«Mangia che sei secca come una sarda salata».

Le disse il ragazzino, strizzandole un occhio.

«E dammelo sto' sfincionello, ma poi te lo pago, quando ti vedrò la prossima volta, va bene? Ho lasciato il portamonete a casa e...».

"Lassa perde', guagliò".

Il ragazzino rise, strizzando ancora l'occhio in segno d'intesa, parlando napoletano, come parlavano sicuramente le sue canzoni preferite.

«Un'altra cosa ti sei dimenticata a casa? Tu, te lo dico io, la capa te si scurdata a casa! Regalo della ditta..., tiè, mangiatelo, è appena sfornato».

Le porse lo sfincionello e si mise alla guida della motoape.

«Ti saluto, guagliò!».

E sparì nella nuvola di fumo nero che fuoriusciva dalla marmitta rotta, tenuta su con un grosso nastro rosso. Quell'insolita colazione la rimise un po' in pace col mondo. Non mangiava una roba simile da quando frequentava il liceo. Mai sua madre le avrebbe permesso di mangiare uno sfincionello comprato da un ambulante. Lo trovò buono, ma sapeva bene che, prima di mezzora, il suo stomaco glielo avrebbe fatto rimettere. Si pulì le mani unte sui jeans, e si avviò verso la Stazione, da dove avrebbe preso la 101 per via Belmonte, ancora una volta sprovvista di biglietto, senza un centesimo, senza sigarette, senza un'idea precisa di dove potesse rifugiarsi. Sotto la pensilina della fermata degli autobus c'era poca gente. Una giapponese col bambino in braccio parlava velocemente, in dialetto palermitano, ad un uomo, dei ragazzini seminudi si bagnavano nel tisico zampillo d'acqua della fontana, al centro della piazza, sotto la statua equestre di Vittorio Emanuele II°. Una coda di auto strombazzava, non appena il semaforo si faceva giallo. Qualcuno, alla guida, metteva fuori un braccio dal finestrino per sollecitare chi gli stava davanti a ripartire o a farsi fottere. Adele pensò che, dopo le prime botte feroci dello shurhùq, i suoi concittadini si fossero già abituati al fuoco dell'inferno e avessero ripreso le loro abitudini. Anche gli extracomunitari si stavano uniformando alla perenne scontentezza delle facce di molti Palermitani, anche loro camminavano a testa bassa, ingrugniti, incavolati col mondo intero. I sorrisi, stranamente, rimanevano ancora sulle bocche e negli occhi di qualche mendicante sdraiato sui gradini delle chiese, quelli che continuavano a chiedere, con voce leggera e gentile, qualche spicciolo. Gli altri mendicanti, quelli che si erano attrezzati col cartello "ho fame", oppure "ho sei figli, fate la carità", quelli non sorridevano più, se ne rimanevano seduti a far niente, lo sguardo perso chissà dove. La 101 arrivò con un'ora di ritardo, alle 9.40. Il suo arrivo la distolse da quelle riflessioni. La gente, spazientita, si lanciò di corsa sulla bussole della vettura, che l'autista ritardava ad aprire, e cominciò a tempestarle di pugni, urlando, spaventando un nugolo di colombi che volò subito via da una brioche col gelato, che si scioglieva sotto il marciapiede. Adele sentì il loro verso cupo, tetro e arrabbiato, kutukubabà, fino a quando l'autista ingranò la prima, imprecando contro la maleducazione di certa gente che non sa aspettare.

Capitolo Ottavo

Alle 8.50, Ignazio Patania salì sulla moto per recarsi in commissariato. Lo aspettava una mattinata di fuoco e non solo per lo scirocco che si faceva sempre più minaccioso. Il sole se ne rimaneva nascosto dietro ad una coltre di nuvole tetre e livide, color della cenere, ma bruciava come un ferro rovente. L'aria era diventata ancora più irrespirabile, umida, gialla e pesante. La camicia di lino che aveva indossato un'ora prima, era già sudata e appiccicata sul petto e sulle spalle.

«Mi faccio quasi schifo».

Disse a se stesso il commissario. Il pomeriggio del giorno precedente, prima di andare a prendere Adele, aveva interrogato Teresa Manzù, una ragazza molto carina ma completamente schizzata, che gli aveva subito detto di appartenere ad un'ottima famiglia catanese, andata in rovina per alcune speculazioni sbagliate del padre, un piccolo imprenditore edile, morto da quattro anni. Gli aveva raccontato, senza riprendere fiato, che la madre era emigrata in America, da una parente, e che lei, ormai, non aveva nessuno né a Palermo, né a Catania. O meglio, aveva dei parenti a Taormina, ma non si frequentavano per una vecchia ruggine di famiglia, delle liti, disse Teresa, relative all'eredità del nonno paterno. I parenti della madre, aggiunse, si trovavano tutti in America, sparpagliati tra la California e New York. Il Patania aveva raccolto delle informazioni sulla ragazza, ed era a conoscenza di alcuni fatti che lo avevano impressionato negativamente: aveva saputo che Teresa chiedeva denaro a tutti, che frequentava un giro di tossici del mercato, che anche la sua moralità era molto discutibile, al punto che aveva chiesto al pm, Viola Paterna, il magistrato a cui era stato affidato il caso, di poter mettere alle costole della Manzù, il più sveglio dei suoi agenti, un certo Cosimo Laganà. Teresa Manzù si era presentata al colloquio con una minigonna troppo corta che lasciava poco spazio all'immaginazione, una canottiera sull'ombelico bucato da un piercing di zircone rosa, un tatuaggio raffigurante farfalle e fiori con una T arabescata che prendeva quasi tutto l'omero sinistro. Al collo portava una serie di collanine di cordoncino cerato e alle orecchie dei pendenti con perle di fimo, incastonate dentro minuscole cornici di filo di rame. Le mani nervose, in continuo movimento, avevano un anello per ogni dito. Le unghie, orribilmente rosicchiate all'osso, erano verniciate di smalto blu. Era magrissima, quasi emaciata, gli occhi ambrati, molto belli, diventavano a tratti gialli e molto dilatati, come quelli di un gatto impaurito. Il commissario capì subito che avrebbe dovuto parlarle con calma e dolcezza, per non innervosirla, più di quanto già non fosse.

«Lei aveva mai parlato con Bella Jelacq? Che so..., anche discorsi di prammatica tra vicini di casa...».

«Qualche volta soltanto».

«Mi dica...».

«Niente, cose così..., a me non piaceva, non avrei mai voluto avere niente da spartire con quella...».

«Con quella, cosa?».

«Quella e basta».

Il commissario le rivolse ancora alcune domande, alle quali la Manzù rispose velocemente, senza riprendere fiato, insistendo soltanto sul momento in cui aveva ritrovato Marzia nella vasca da bagno, alla disperazione provata, alla sua incredibile intuizione, che le aveva permesso di capire, immediatamente, che la povera ragazza fosse già morta. Poi, raccontò che Marzia era nata sfortunata, abbandonata dai genitori, era stata adottata da due brave persone, che erano morte qualche anno addietro, lasciandola completamente sola. Disse che era malaticcia, molto debole e che, a volte, era svenuta anche all'università. Poi, aggiunse:

«Veramente sola del tutto non era..., cioè, voglio dire..., sì, insomma, che io sappia aveva un fidanzato, ma credo che lui fosse all'oscuro di molte cose».

«Si spieghi meglio, per favore. La Bonafede nascondeva dei segreti?".

«Ma che ne so io? Tutti abbiamo dei segreti...».

Teresa saltò sulla sedia, poi si tirò, con tutte e due le mani, la gonna sulle cosce scoperte, senza calze, con una leggera peluria biondiccia.

«Da quanto tempo lei abita la casa di via Argenteria vecchia?».

«Quello schifo di casa...».

«Perché schifo? per via del mercato?».

«Fosse stato per il mercato soltanto..., ma no! Un sali e scendi continuo di uomini..., e che uomini! Tutta la feccia possibile e immaginabile. Comunque, ci sto da due anni alla Vucciria, Marzia ci stava da cinque anni e Adele da quattro. Contento?».

«Di cosa dovrei essere contento? Ma torniamo a noi, lei sa dove andassero quegli uomini? Il primo piano è vuoto da tanto tempo..., andavano dunque da Bella Jelacq?».

«E dove se no?».

«Per via della sua professione di massaggiatrice, giusto?».

«Ma che mi vuol far capire, commissario? Uno sbirro che non sa cosa facesse veramente la Jelacq..., eh? Sono sicura che solo Adele non avesse capito mai niente, non se l'è mai sgamata che la Jelacq era una puttana. Insomma, Adele non ci sta con la testa, è tutta per conto suo..., ma lei, commissario, mi faccia il piacere!».

«E va bene, qualcosa so pure io. Ma perché dice che Adele è tutta per conto suo?».

«Quella ragazza se l'è bevuto il cervello! È sempre nel mondo dei sogni, al mercato la considerano un po' tonta, non parla con nessuno, guarda e basta. Si mette davanti alla bancarella, che so..., della frutta, e s'incanta per mezzora a guardare quello che serve i clienti, fino a quando il fruttivendolo s'incazza e la manda a farsi fottere da un'altra parte..., e lei non reagisce, niente! Piglia e se ne va. Poi ha pure le allucinazioni, certe volte sviene e dice di vedere qualcuno a casa che le vuole far male..., ma quando mai! È tutta malata, poveretta!».

«Non sta esagerando, signorina Manzù?»

«Macché, anzi, sto dicendo poco..., comunque posso andare via adesso?»

«Non ancora. Deve dirmi esattamente dove si trovava alle due e mezza di pomeriggio, del 23 maggio».

«Ancora! L'ho detto a tutti i poliziotti..., ero sull'autobus per tornare a casa, dove sono arrivata alle tre, e ho trovato Marzia annegata nella vasca da bagno».

«Ah, bene..., avrà timbrato il biglietto...».

«Ma dove?».

«Come, dove? Sull'autobus..., o ha l'abbonamento?».

«Non ho niente, commissario! Ho solo gli occhi per piangere. Non ce la farei mai a pagare pure l'abbonamento o il biglietto..., ogni giorno, sa cosa vorrebbe dire? Comunque non sono la sola a viaggiare a gratis!».

«Ha detto che alle due e trenta stava sull'autobus, bene. E prima dov'era?».

«Mi sembra di essere un pappagallo! Le domande le fate a mitraglietta..., taratataratatarata, sempre le stesse domande! Me lo hanno chiesto i suoi agenti, quando li ho chiamati, con quella morta dentro la vasca da bagno, loro mi hanno chiesto mille volte la stessa cosa..., ma a lei niente riferiscono? Allora, ricominciamo. Avevo laboratorio di greco. Mi ero fermata all'università quel giorno, avevo da fare fotocopie e altro. Alle quattro iniziava il laboratorio. Mi sono accorta d'aver dimenticato un libro a casa e sono tornata indietro. Fine della storia».

«C'è qualcuno che possa confermare quanto mi ha detto?».

«Non lo so. Non ho detto a nessun collega che tornavo a casa a prendere il libro. Ma qualcuno mi avrà pur vista...».

«In che rapporti era con Marzia?».

«Rapporti tra ragazze che vivono insieme, a volte si litiga e altre volte si sta bene, si esce..., lei andava sempre a trovare il suo fidanzato, diceva che fosse gelosissimo. Io l'ho visto poco a casa..., andava quasi sempre lei a trovarlo. Ma inutile che lei mi chieda adesso l'indirizzo. Marzia di lui non raccontava niente a nessuno».

Il commissario la interrogò ancora sulla sua vita, sui ragazzi che frequentava, su come vivesse senza un lavoro, se avesse qualche hobby, qualche vizietto..., insomma la tenne per molto tempo, ma la ragazza disse un sacco di bugie spudorate. Più la Manzù parlava, gesticolando, dilatando gli occhi, con sussulti e gemiti, più il commissario si insospettiva, più pensava che forse, chissà, quella strana ragazza potesse essere impelagata in quella brutta storia delle morte ammazzate. Teresa, inoltre, non aveva un alibi né per l'omicidio di Bella Jelacq, né per quello di Marzia Bonafede, la sua amica. Il commissario l'aveva congedata alle sei del pomeriggio, raccomandandole di tenersi a disposizione della polizia. Lei gli aveva chiesto dove potesse andare ad abitare, visto che l'appartamento di via Argenteria vecchia era stato messo sotto sequestro. Il Patania restò allibito a quell'uscita.

«E che ne posso sapere io, signorina? Mi dispiace, ma non posso aiutarla in tal senso».

«Io, commissario, non ho tanto denaro da permettermi un albergo, come le ho già detto, vivo con la piccolissima somma che mi manda mia madre, ogni tre mesi..., mi bastano giusto per non morire di fame, garantirmi gli studi e pagare una misera pigione. Ora come ora, sono al verde».

E scoppiò in un piano disperato ma senza lacrime. Singhiozzava forte e si dimenava sulla sedia come in preda ad una convulsione. Il commissario capì che stava fingendo e si alzò per congedarla senza perder tempo.

«La saluto, signorina Manzù, cerchi di calmarsi e sono certo che troverà una soluzione».

Di quell'interrogatorio, a Ignazio Patania, era rimasta addosso una sensazione molto spiacevole.

Capitolo Nono

Per quella mattina del 24 maggio, il commissario aveva convocato la cugina di Adele, quella della tesi di laurea sulla funzione sociale dell'urbanistica nella Palermo del Novecento, la signorina Gabriella Settimo, figlia di uno zio di Valentina Settimo, madre della ragazza che le aveva regalato alcune tra le ore più belle della sua vita. Ripensando al tempo trascorso con Adele, sentì una piccola fitta al cuore. Sapeva benissimo che mai si sarebbe impegnato con una donna. Per inclinazione e per mentalità, non era nato per il matrimonio. A volte, ci pensava, magari quando qualche coppia di amici lo invitava a casa. In quelle occasioni, trovava il modo di apprezzare una certa intimità familiare che a lui mancava: le voci dei bambini, i loro sorrisi, la complice intesa tra i coniugi... Ma bastavano poche ore di permanenza in quell'atmosfera per fargli rimpiangere il silenzio di casa sua, i suoi mobili, dove nessuno andava a curiosare, le sue lampade Lalique, che nessuna pallonata di bambino avrebbe mai mandato in frantumi, la sua cucina di scapolo, con la dispensa piena soltanto delle cose che a lui piaceva mangiare, fossero anche delle scatolette o dei cibi pronti, surgelati, il suo impianto stereo, che mai avrebbe infestato la casa e la mente con le sigle dei cartoni animati, il suo televisore 40 pollici, che sempre avrebbe ubbidito alla sua unica gestione: le partite di calcio, soprattutto quelle delle sue squadre del cuore, la Juventus, il Palermo e il Real Madrid. Così, riflettendo, Ignazio Patania varcò l'androne del commissariato, dove un leggero alito di aria quasi pulita, gli rigenerò l'anima per un attimo. La sua stanza era in penombra ma caldissima; pensò che il calore fosse entrato la mattina presto, quando Rosi, la donna delle pulizie, alzava regolarmente le sedie sui tavoli, toglieva il tappeto per stenderlo sulla finestra, smantellava la stanza, insomma... tranne la sua scrivania: quella non avrebbe dovuto toccarla nemmeno col pensiero. Gli ordini erano stati precisi fin dall'inizio del loro rapporto. Il commissario aveva sempre provveduto a passare, ogni mattina, prima d'iniziare il suo lavoro, un piccolo straccetto giallo sulla scrivania, sui libri e sui pochi oggetti che ci stavano sopra, alzando le carte sparse una ad una, per poi riporle al loro identico posto. Anche quella mattina, il Patania si apprestò a sbrigare quel lavoretto domestico, ma il suo pensiero fisso era sempre lo stesso: cosa gli avrebbe raccontato Gabriella? Avrebbe confermato l'alibi di sua cugina Adele? Anche se, per intuito professionale e umano, lui mai aveva messo in dubbio le parole della ragazza, adesso qualcosa gli pizzicava il cuore. Cosa sarebbe successo se Gabriella avesse dichiarato che sì, la cugina era stata da lei per aiutarla con la stesura della tesi, ma che poi non avesse passato la notte lì? Il Patania si sentì in forte disagio. Capì di essersi comportato in maniera del tutto leggera e quasi spregiudicata, nel suo rapporto con Adele. Non avrebbe dovuto portarsela al ristorante e nemmeno a casa. Ma, soprattutto, non avrebbe dovuto farla dormire nel suo letto. Non era successo nulla di che, ma lo stesso lui sentiva il disagio aumentare. E col disagio aumentava anche l'affetto che sentiva crescere dentro. Un affetto al quale lui non opponeva alcun ostacolo.

«Ormai la frittata è stata fatta».

Disse, a voce alta, rivolgendosi alla foto del Presidente della Repubblica, che lo guardava dall'alto della parete di fronte, ed è perfettamente inutile rigirarla! Sorrise pensando ad Adele, una ragazza di quarantanni, chiese, a voce alta, sempre alla foto del Presidente:

«È ancora una ragazza o non è, piuttosto, una donna? Magari una giovane donna come io, per esempio, a cinquantacinque anni, sono un giovane uomo..., no?».

Sorrise ancora; il pensiero della ragazza lo aveva messo di buonumore, fugando le paure e i timori per l'imminente incontro con Gabriella Settimo. Il poliziotto dal naso rincagnato alla Michelangelo, entrò dopo aver bussato una sola volta alla porta, senza aspettare che il commissario gli desse il permesso d'entrare.

«Ma come, Fiorenzi, così si entra? E se fossi stato in condizione di non potermi mostrare, che sarebbe successo?».

Il poliziotto restò a guardarlo, scosse la testa due, tre volte, in segno di non aver capito cosa gli si volesse dire.

«Dico, se io, per esempio, mi fossi voluto cambiare la camicia, che ormai fa schifo, tutta sudata com'è..., lei che avrebbe fatto?».

Ancora il poveretto faceva segno di no con la testa. Rivoli di sudore gli scendevano dai capelli fin sul collo, dentro la giacca.

«Lascia perdere, Fiorenzi..., forse non riesco a spiegarmi..., cosa vuoi? con questo caldo non è facile farsi capire..., comunque, la prossima volta bussa almeno due volte e aspetta che io ti dica di entrare, ci siamo intesi?».

Il Fiorenzi fece segno di sì con la testa, poi, lentamente, andò a sedersi al computer. Squillò l'interfono e il portiere annunciò l'arrivo della signorina Settimo.

«La faccia passare, grazie».

Disse il commissario, che aveva, già da qualche minuto, perso il buonumore. Alle 9.20 Gabriella Settimo entrò con un'andatura che rassomigliava molto a quella della cugina Adele. Il passo incerto, la testa bassa, la borsetta serrata tra le mani, all'altezza della pancia. Al contrario della cugina, Gabriella era bassa e grassa, i capelli radi e biondicci le ricadevano sulle spalle, portava una gonna corta che le metteva in evidenza le gambe disastrosamente informi. All'indice della mano destra sfoggiava un grande anello d'oro rosso con il sigillo, dove era inciso l'inverso di uno stemma, un anello di quelli che servivano un tempo ai nobili, per siglare la ceralacca sulle lettere e i documenti. Il commissario pensò che anche Gabriella Settimo vantasse qualche origine nobiliare, come la zia Valentina, diventata contessa per merito del marito. Nel suo insieme la ragazza appariva sciatta e scialba. Gli occhi celeste slavato si nascondevano per tre quarti sotto le pesanti palpebre quasi chiuse. L'aria era quella di una che sta per addormentarsi. Una verruca con un peletto giallo al centro, le appesantiva il labbro superiore.

«Salve, signorina, si accomodi pure..., stia calma e tranquilla..., si tratta solo di una piccola formalità...».

Recitò con voce bassa il Patania, augurandosi mentalmente che quell'interrogatorio si fosse risolto davvero in una pura formalità e non in una sgradevole sorpresa. Dopo aver dato le sue generalità al Fiorenzi, che le aveva diligentemente registrate sul computer, Gabriella sistemò le sue mani sulla pancia, alzò un po' il viso sulla faccia del commissario e si dispose a rispondere alle sue domande.

«Allora, signorina Settimo, ci sono stati due delitti che, per quanto abbiamo potuto capire, sono collegati tra loro. Le spiego: la mattina del 22 maggio, verso mezzogiorno, sua cugina Adele Papi, tornando a casa in via Argenteria vecchia, dove divideva l'appartamento con due studentesse universitarie, Teresa Manzù e Marzia Bonafede, vide subito davanti al portoncino una piccola folla di curiosi. Arrivata al secondo piano, ebbe la sorpresa di trovare la porta di casa aperta, la radio accesa e alcune cose, diciamo, fuori posto».

«Ah!»

Disse sempre con gli occhi bassi Gabriella.

«Questo non lo sapevo!».

«Sua cugina non le ha raccontato nulla?».

«No. Io l'ho vista...».

Il commissario era entrato in agitazione, come se volesse ritardare il momento della verità, fermò Gabriella con un gesto della mano.

«Aspetti, aspetti..., procediamo con ordine..., dunque, sua cugina pensò di telefonare alle due coinquiline per saperne di più, ma, avendo il cellulare senza credito, salì al terzo piano, dalla massaggiatrice, una certa Bella Jelacq; lì trovò polizia, scientifica e anche il sottoscritto, col quale sua cugina ebbe un primo..., come posso dire? Un primo colloquio. Io la misi al corrente che la Jelacq era stata uccisa e sua cugina rispose alle domande che ritenni opportuno farle. Amen. Ci siamo fin qui?».

«Naturalmente. Ma come è stata uccisa la massaggiatrice?».

«Qualcuno la colpì alla testa con una coppa ricevuta dalla vittima in un concorso di bellezza. La coppa aveva, sfortunatamente, la base in marmo, molto pesante. Il medico legale stabilì intorno alle otto del mattino, l'ora del decesso, la sorella, andando a farle visita, verso le nove, trovò la porta aperta e la sorella stesa a terra, sul tappeto della stanza da letto. Al che, chiamò subito l'ambulanza e la polizia. Ci siamo? Tutto chiaro fin qui? Bene procediamo».

«Ah! Che brutta morte!».

Esclamò Gabriella, senza scomporsi minimamente, e proseguì:

«È' stata colpita proprio da quella coppa che, sicuramente, l'aveva resa felice! Mah..., la vita è un romanzo e supera la fantasia! E l'avete ritrovata la coppa?».

Concluse senza battere ciglio.

«No».

Disse il commissario, infastidito.

«La cosa, diciamo, strana, è che la vittima, colpita sulla nuca, avrebbe dovuto perdere l'equilibrio cadendo a faccia in giù sul tappeto, no?».

«Di questo non può esserne certo, signor commissario..., ma, diciamo, che per logica...».

«Già, ma lasciamo andare..., la vittima era, come le ho detto, stesa supina sul tappeto e, come se non bastasse, teneva le braccia incrociate sul petto!».

«Se posso permettermi, signor commissario, secondo me l'assassino ha voluto pure sbeffeggiarla..., dunque doveva odiarla molto, sempre secondo me, chiaro?».

«Giusta riflessione, complimenti signorina Settimo! Ma non ne possiamo essere sicuri, bisogna andare con i piedi di piombo».

Il Patania era sconcertato dall'acume di quella ragazza, che parlava restando immobile sulla sedia, che non sudava nemmeno un po', con quell'aria di fuoco che inceneriva i polmoni.

«E un'altra cosa strana è che non si trova più il cagnolino, al quale la vittima era particolarmente legata».

«Ora andiamo al secondo omicidio».

Fece il commissario, provando a sollevarsi dalla poltrona, che gli si era attaccata addosso in maniera insopportabile. Dopo qualche tentativo inutile, smise quell'operazione per non sembrare ridicolo agli occhi fermi, bassi e remoti della ragazza che gli stava di fronte, refrattaria ai fuochi dell'inferno. Gabriella lo fermò, alzando lentamente una mano, che subito dopo rimise al suo posto, con l'altra, sul grembo.

«Mia cugina avvertì, in seguito, le sue coinquiline?».

Il commissario restò spiazzato. Si pentì di aver parlato, forse troppo.

«Si certo».

Disse frettolosamente.

«Le avvertì».

«E loro che dissero? Come reagirono?».

L'uomo si spazientì.

«Che gliene importa a lei? Mi scusi, ma non sono tenuto a dirglielo. Possiamo procedere?».

«Proceda pure, signor commissario».

La ragazza non sembrò offendersi, la sua voce restò atona e remota, il corpo immobile. Il commissario cambiò idea. Forse parlarle dell'incontro della cugina con la sorella della massaggiatrice si sarebbe potuto rilevare utile. In fondo, quella Gabriella aveva dimostrato di essere abbastanza intuitiva.

«Mi scusi ancora, signorina Settimo..., sono stato un po' brusco. Va bene. Le spiego come sono andate le cose..., allora, sua cugina stava andando via, quando un ragazzino le disse che qualcuno voleva parlarle nel retrobottega del pescivendolo di fronte...».

«Ah!».

Lo interruppe Gabriella,

«Il La Corte..., uno schifo d'uomo!».

Il Patania restò sorpreso.

«Lo conosce?».

Disse.

«Poi glielo dico..., intanto lei continui...».

«Nel retrobottega di Rosario La Corte trovò la sorella della vittima, Gioia Jelacq, vedova Li Manzi, sessantenne, che la fece accomodare, le offrì anche un caffè e la mise al corrente di quanto era successo. Dal telefono fisso del retrobottega sua cugina chiamò le due amiche, prima Marzia e poi Teresa, ma tutte e due non seppero dare spiegazioni della casa in disordine, della porta aperta e della radio accesa».

«Secondo me, quella squinternata di Teresa, che esce dopo Marzia, ha lasciato la porta aperta e la radio accesa, e per il disordine..., mai quella casa è stata pulita e in ordine!».

«Ho capito».

«E non raccontò alle amiche dell'omicidio?».

Chiese Gabriella sempre senza scomporsi. Il commissario sentì ancora un pizzico di dolore proprio all'altezza del cuore.

«Vuoi vedere che questa qua mi fa venire l'infarto?».

Pensò allarmato. Non riusciva a capire il motivo, ma la presenza di Gabriella lo metteva sottosopra.

«No, non glielo disse per non metterle in agitazione e anche perché era sconvolta lei per prima..., non trovava le parole giuste..., insomma, se la pensò così!».

151

Concluse il Patania, un po' nervoso.

«Già..., quella è così strana!».

«Chi?».

Il commissario si agitò ancora sulla poltroncina di pelle che sembrava essere diventata una sola cosa col suo fondo schiena, mentre Gabriella usciva vittoriosa e indenne dal calore rovente. La sua blusa a maniche lunghe non aveva segni di sudore, anzi, mostrava ancora le pieghe fatte a regola d'arte col ferro da stiro.

«Mia cugina Adele, commissario..., è un po' così».

E alzò, lentamente, una mano per battersi sulla fronte due dita, nel segno convenzionale della pazzia, o, quantomeno, della stravaganza.

«Mi scusi, signorina Settimo, non capisco cosa mi vuole dire...».

Gabriella sospirò.

«Niente».

«Come niente? Ha fatto un gesto come per dire che sua cugina è pazza..., insomma, è pazza, sua cugina Adele? Le devo ricordare che tutto quello che lei dichiara viene messo a verbale...».

E indicò col mento il Fiorenzi che scriveva al computer.

«Lo so, lo so..., no, non è pazza nel senso preciso del termine, anzi è intelligente e sa scrivere..., scriveva prima, quando era più giovane e stava meglio in salute».

«Continui, signorina...».

Il calore umido che il Patania sentiva scorrergli lungo il corpo non aveva nulla di umano. Pensò che in quel modo potesse sudare soltanto una bestia, ma non gliene venne in mente nessuna. Aveva voglia di mandare al diavolo quella ragazza che gli stava davanti, che sembrava fatta di marmo, che parlava come se le dessero la corda, come si faceva con le bambole antiche. Ma cercò di essere professionale, come sempre, e rimediò uno straccio di sorriso per incoraggiare Gabriella Settimo nella sua deposizione.

«Ho capito, signorina, lei è molto chiara..., mi parli di sua cugina..., io eviterò di farle altre domande, per il momento».

Concluse, incoraggiante, mentre con la mente imprecava furiosamente contro il divieto di fumare nei luoghi pubblici. Un sigaro, certamente, lo avrebbe aiutato molto, in quella circostanza.

«Allora che le devo dire? Mia cugina scriveva per i giornali, insomma, scriveva sempre, andava a vedere le mostre di pittura, stava un sacco di tempo alla biblioteca nazionale per fare ricerche anche inutili, almeno io la penso così..., una volta fece una ricerca sulla lacca giapponese, senza mai averne posseduta una! Poi si ammalò di nervi, a venticinque anni..., già! Cominciò a dare di testa...».

Gabriella vide sobbalzare sulla poltrona il commissario e si affrettò a precisare:

«No..., non nel senso che uscì pazza! Insomma, a sei anni, dopo la morte del padre, si chiuse in se stessa, non parlava per giorni interi, nemmeno con me che, essendo coetanea e parente, la vedevo quasi ogni giorno. Se parlava era per raccontare storie inverosimili, roba da far accapponare la pelle!».

«Che tipo di storie, me lo potrebbe dire, per favore?».

«Che io mi ricordi, Adele s'inventava cose pazzesche, castelli infestati, delitti a catena, persecuzioni..., non è stata mai un tipo solare, mia cugina!».

«E poi?».

Chiese il commissario, intenerito sulla sorte di Adele, ma ancora arrabbiato e inquieto per quella ragazza grassa e marmorea che le stava di fronte. Sentì, ad un tratto, che la sua tranquillità o il suo disagio, dipendevano dalle parole di Gabriella, e rabbrividì in tutto l'inferno di quella mattinata che non finiva più.

«Poi, niente, signor commissario..., Adele soffre di ansia, di depressione, di crisi di panico..., una brutta bestia, la depressione! Una vera e propria malattia, a volte anche incurabile e mortale...».

Si fermò un attimo per riflettere su qualche cosa che, probabilmente, le riusciva difficile confessare. Il Patania ne approfittò per fare gli scongiuri, di nascosto, sotto la scrivania. Pur non essendo superstizioso, li faceva ogni qualvolta sentisse parlare di malattie e di morte.

«Vede, signor commissario, anch'io ho sofferto di depressione, quindi capisco bene quello che Gabriella prova e mi fa pena, molta pena. Io sono guarita e lei no. Anzi, peggiora ogni giorno di più. Quando le viene una crisi di panico, è capace di entrare in un altro mondo...».

«Quale mondo, signorina?».

Adesso il Patania aveva davvero paura delle parole di Gabriella, si aspettava il peggio.

«Te la sei voluta tu, Ignazio! Mai affezionarsi agli indagati, e, in generale, mai affezionarsi talmente tanto ad una persona fino ad annullare se stesso!».

Si disse, incavolato a morte.

«Un mondo di ectoplasmi!».

Proseguì Gabriella.

«Le sue case, sia in città che a Mondello, ne sono piene. Li attira mia zia Valentina, con le sedute spiritiche, e poi Gabriella ne fa le spese. I fantasmi la torturano spesso, la fanno stare male, le procurano crisi, la portano in un altro mondo..., così lei mi ha sempre detto, e io le ho sempre creduto. Anche io, a casa di zia, soprattutto a Mondello, ho avuto visioni e ho sentito le voci dei trapassati.

«Cavolo!».

Pensò il Patania.

«Ora siamo a posto..., ecco cosa ci mancava in tutta questa storia: i trapassati! E come mi devo mettere adesso? Qui ci vorrebbe uno psichiatra, altro che un povero commissario di polizia!».

Per un agnostico come lui, gli spettri, dentro due delitti, erano davvero elementi insopportabili!

«Signorina Settimo, sua zia Valentina è mai andata a trovare Adele in via Argenteria vecchia?».

«E lo chiede a me?».

«Perché? Non posso?».

«Ma lo chiede a sua figlia Adele, no?».

«Già fatto, ma ha detto di non ricordare...».

«Non mi meraviglia la cosa..., quella potrebbe uccidere un uomo e poi dimenticarsene!».

Il commissario impallidì, aprì la bocca ma non ne uscì suono. Cercò di rimediare un po' di saliva per deglutire, ma gli riuscì male.

«Dico per dire..., ma, tornando a mia zia Valentina, perché no? Secondo me una visitina al mercato l'ha fatta..., solo che avrà scelto il momento in cui la figlia era fuori, per potere interrogare e sfottere la gente, a modo suo e liberamente!».

Ignazio Patania ebbe due forti capogiri. All'altezza del cuore stava succedendo qualcosa, ebbe paura di star male e chiese al Fiorenzi di andargli a prendere, per favore, un bicchiere d'acqua fredda.

«Nel frigo piccolo, fredda non ce n'è. Gliela posso prendere al distributore, ma è rotto e non raffredda niente. Si sono sciolti pure i gelati e...».

«Basta!».

Quasi urlò Patania.

«La prenda così com'è, ho sete!».

Poi, per una forma innata di gentilezza verso le donne, chiese a Gabriella se non volesse, per caso, anche lei un bicchiere d'acqua.

«No, grazie, sto bene così».

Rispose la ragazza, restando sempre imbalsamata sulla sua sedia.

«Le stavo dicendo...».

«No, non dica niente..., deve prima tornare il collega al computer, non se l'abbia a male, signorina».

«È una cosa confidenziale...».

«Niente è confidenziale in questa stanza, mi dispiace..., siamo in un commissariato di polizia e indaghiamo su due omicidi...».

«Già».

Lo interruppe Gabriella, come se non avesse sentito le parole dell'uomo.

«L'altra vittima, chi è?».

Fiorenzi entrò con una bottiglietta d'acqua che porse al commissario senza proferire parola, quasi offeso per la sfuriata subita prima, che pensava di non meritare per niente. Dopo aver bevuto tutta l'acqua, il Patania accartocciò la bottiglietta di plastica e la gettò dentro al cestino, sotto la scrivania.

«Allora, veniamo a noi..., il secondo omicidio ce lo ha comunicato la signorina Teresa Manzù, che, ieri, tornando a casa dalla facoltà, verso le tre di pomeriggio, per prendere un libro che aveva dimenticato, ha avuto la brutta sorpresa di trovare l'amica e coinquilina Marzia Bonafede annegata dentro la vasca da bagno. Il medico legale ha stabilito l'ora del decesso intorno alle due e mezza, dunque diciamo che la ragazza era morta da circa mezzora. Sul corpo della vittima nessun segno di colluttazione».

Il Patania si fermò un istante, poi aggiunse, quasi parlando a se stesso:

«Mi chiedo se si tratta di un assassino o di un'assassina».

«Assassina?».

Ripetè con la voce atona, Gabriella.

«Mah! Fino a ora non ne sappiamo di più, circa il sesso!».

«Quindi Bella Jelacq è stata uccisa lunedì, 22 maggio alle 8 e sua sorella ha scoperto il cadavere alle 9, sul tappeto della stanza da letto, qualcuno le aveva scagliato addosso la coppa di un concorso di bellezza, mentre Marzia è stata uccisa martedì, 23 maggio alle 14.30 e Teresa l'ha trovata annegata nella vasca da bagno, alle 15, tornando a casa dalla facoltà, perché aveva dimenticato un libro. Ho capito bene? Ma aveva lezioni pomeridiane, quel giorno? È diventata studiosa tutto ad un tratto? Che io sappia, Teresa, a detta di mia cugina, ci spara allo studio, sta sempre con quel manipolo di tossici del mercato, frequenta poco anche di mattina! Mah!».

«In facoltà c'erano corsi pomeridiani quel giorno. Ho controllato».

«E lei, la Manzù, c'era?».

«Sì, c'era..., ma che diventò lei il commissario, signorina Settimo? Si calmi, che diamine! Tutte queste domande mi viene a fare? Vuole pure sapere a che ora ha lasciato l'università? E va bene! Glielo dico: all'una. Il laboratorio di greco, iniziava alle ore 14, fine ore 16. Un collega dice di averla vista uscire dall'università per andare ad aspettare l'autobus, sotto la pensilina di fronte all'uscita, all'una, appunto. Ma di quanto afferma, dice, di non esserne troppo sicuro, perché c'era troppa gente e l'autobus che aspettava lui arrivò subito, mentre Teresa rimase alla fermata. Fine. Le è piaciuto, sì o no, questo resoconto?».

«No».

Disse, composta e glaciale, Gabriella, in tutto quell'inferno di calura.

«Probabilmente, Teresa ha detto una solenne bugia, al solito suo! In ogni caso resta senza alibi. Ma lei glielo ha riferito quanto ha dichiarato il collega?».

«Non ancora. Lo farò oggi».

«Già, oggi. Oggi è il 24 maggio e lei mi ha convocata qui per interrogarmi. Un delitto al giorno, almeno finora! Il 23 maggio cosa è successo, oltre all'omicidio di Marzia?».

Chiese la ragazza senza scomporsi.

«Nulla è successo".

Rispose il commissario sbalordito da quella uscita. La ragazza sembrava addormentata e, invece, si rivelava sveglissima. Si chiese cosa volesse dire con quella domanda sul 23 maggio.

«Doveva succedere qualcosa?».

Chiese.

«Non lo so. Voglio dire, lei sta seguendo le indagini, suppongo...».

«Come, suppone? E che faccio qui, allora, con lei? Non fa parte delle indagini, questo colloquio?».

«Signor commissario, cosa ha fatto mia cugina ieri?».

Il commissario ebbe un gesto d'impazienza e di stizza, insieme.

«Che ne so io cosa ha fatto sua cugina, ieri? Dovrei saperlo?».

Penso di sì...».

«Ma non sa, lei, cara signorina Settimo, che le indagini della polizia, non si vanno a spifferare a chiunque? Non sa che sono segrete? E, allora, mi dica per quale ragione al mondo io debba metterla al corrente, seppure lo sapessi, di quello che ha fatto sua cugina, ieri...»

Gabriella lo interruppe, parlandogli quasi addosso, ma senza cambiare il tono di voce, che rimaneva sempre uguale.

«Come vuole, io non ho problemi..., adesso mi dovrebbe fare la domanda di rito, no? Cioè se confermo l'alibi di mia cugina Adele, per il giorno dell'omicidio della Jelacq, il 22 maggio..., ebbene, sì. Mia cugina Adele ha passato la notte a casa mia, abbiamo lavorato alla tesi fino a tardi, poi siamo andate a letto. Quando sia uscita da casa non lo so. Comunque, quando mi sono alzata, alle dieci, lei non c'era più..., ciò non toglie che potrebbe essere andata via da casa anche all'alba. Glielo dico per amore di precisione. Non so altro." Ma lei ha motivo per credere che mi abbia mentito, dicendo di essere andata via da casa sua alle otto».

«Dice facilmente bugie, ma di solito le riserva per le sue storie incredibili..., no, sarei pronta a giurare che le abbia detto la verità..., però, ora che ci rifletto, beh, direi che gli omissis li fa spesso, non per cattiveria o malafede, li fa solo per glissare da situazioni che non riesce ad affrontare».

«Insomma, se ci fosse bisogno di una sua deposizione giurata, che farebbe? Confermerebbe quanto ha dichiarato sua cugina Adele?».

L'uomo aveva esaurito la sua riserva di pazienza e, tra l'altro, sentiva il fondo schiena come spiaccicato sulla poltroncina, in una pozza di sudore.

«Senza dubbio, stia tranquillo!».

«Grazie, molto gentile, può andare».

Si era alzato, cercando, con tutte e due le mani sui braccioli, di staccare il fondo schiena dal sedile in pelle, senza fare strani rumori, ma non ci riuscì. Gabriella Settimo lo guardò da sotto le palpebre, mezze chiuse, con un briciolo di sorpresa. Poi si alzò a sua volta, asciutta e fredda, perfettamente imbalsamata. Il commissario arrossì, ma cercò di rimanere all'altezza della situazione. Intanto, comunque, si era tolto mezzo peso dal petto: Adele, al novantanove per cento, aveva detto la verità. Quasi sicuramente non c'entrava per niente con l'omicidio di Bella Jelacq e nemmeno con quello di Marzia, visto che, nel momento in cui la ragazza veniva annegata nella vasca da bagno, Adele era con lui, in commissariato. Ma quel "quasi" relativo al primo omicidio, lo faceva star male. Gabriella Settimo si avviò alla porta. Prima di uscire, si girò verso il Patania, con la stessa voce incolore, la borsetta serrata tra le mani, impresciuttita.

«Una cosa, signor commissario, io se fossi in lei, martellerei su Teresa Manzi, quella ragazza non mi è mai piaciuta».

Il Patania si meravigliò molto a quell'uscita. Le due si conoscevano? Aveva tenuto, il giorno prima, per due ore, Teresa Manzi, nel suo ufficio. Le aveva chiesto tutto quello che c'era da chiederle, anche se conoscesse Gabriella Settimo, e la ragazza aveva detto di no, che non l'aveva mai incontrata né sentita nominare..., la cosa era davvero strana.

«Vi conoscete? Lei e Teresa, voglio dire...».

"L'ho vista alcune volte. Quando andavo da Adele. È una persona inaffidabile».

«Ah! ecco..., la Manzù mi ha detto di non conoscerla, di non aver mai sentito parlare di lei».

«Che diamine, commissario! Le ho ripetuto cento volte che, detta da quella lì, non bisognerebbe credere nemmeno all'Ave Maria! Certo non eravamo amiche o roba simile. Ma un paio di volte l'ho vista, e lei, a meno che non fosse cecata, avrà visto anche me. Tra l'altro, anche una tizia del mercato, una robivecchi che la conosce bene, me ne ha parlato...».

«E che le ha detto?».

«Di tutto, di più. È una squinternata, una giocatrice..., sì, insomma, gioca alle slot machine, al lotto, ai cavalli, al gratta e vinci..., non si fa mancare niente, capisce? Mia cugina si è sempre chiesta dove prendesse il denaro per tutte quelle scommesse, visto che non è ricca, né personalmente, né di famiglia. Sua madre è vedova, vive in America, suo padre morì dopo il fallimento. Quella tizia mi ha anche detto che

Teresa aveva chiesto del denaro anche a lei e, secondo me, lo aveva chiesto anche alla massaggiatrice..., una volta le ho viste litigare davanti al portoncino di casa. La Jelacq sembrava infuriata».

«Ah, sì? La ringrazio molto per il suo aiuto...».

Gli dava molto fastidio ammetterlo, ma sentì di essere, in un certo modo, grato a quella statua di marmo che gli aveva dato delle informazioni importanti.

«Va bene, signorina Settimo, sa nient'altro riguardo a questa, ehm... diciamo passione, della Manzù?».

"Soltanto una cosa, ma non so se possa servirle...».

Fece Gabriella con un sorriso diabolico, come se si divertisse a giocare al gatto col topo.

«Dica, dica...».

La incoraggiò il Patania.

«Qualche mese fa, sempre mia cugina Adele mi raccontò che Teresa si era fatta prestare una grossa cifra di denaro da uno strozzino del mercato..., lei, Adele, se ne era accorta perché, rientrando a casa, aveva sentito Teresa al cellulare..., piangeva e pregava qualcuno di darle un po' di tempo per pagare, diceva di non avere il denaro per tutti quegli interessi e che la cifra stava diventando troppo grossa..., insomma, era disperata. Adele la sentì anche ripetere più volte il nome dello strozzino, un certo La Corte, sì... quello che ha il banco di pesce in via Argenteria vecchia, proprio di fronte alla casa dei delitti, il proprietario del retrobottega di cui lei ha parlato prima, no? Uno schifo d'uomo, come le ho detto prima»

Il commissario guardò Gabriella con un misto di stizza.

«Ho capito!».

Esclamò.

«Ma sicuro, è proprio l'uomo che ha ospitato la sorella della vittima per parlare con Adele, quello del retrobottega di fronte alla casa dei delitti!».

Il Patania diventò molto serio, come se un pensiero molesto gli fosse entrato prepotente nella testa.

«La casa dei delitti»

Scandì, a voce bassa, infastidito per aver ripetuto quella frase coniata dalla finta dormiente.

«Va bene, signorina Settimo, che le devo dire? Lei si è rivelata preziosa..., meglio di...».

Si interruppe, stava per dire meglio del più scafato dei confidenti della polizia.

«Ecco, avrei un'ultima cosa da chiederle, una cosa importante che stavo dimenticando..., lei conosceva anche Marzia Bonafede?».

«Per Marzia, vale lo stesso discorso di Teresa. L'ho vista qualche volta soltanto. Non è che io frequentassi molto casa di mia cugina..., piuttosto veniva lei a casa mia o ci si vedeva a Mondello, da zia Valentina, in estate. Marzia..., che le devo dire? Sembrava tutta acqua e sapone, una specie di santarellina o gatta morta, che dir si voglia! Era anemica, debole, non so con precisione di cosa soffrisse. Aveva un fidanzato geloso che teneva lontano da casa sua, forse per via dell'ambientino non proprio edificante. Una volta, ho sentito una diceria, sempre dalla bocca della robivecchi, sa..., mi fermavo alla sua bancarella per curiosare. Poi, questa donna non si è più vista».

«E me la potrebbe riferire la diceria?».

Non so..., credo sia ininfluente, proprio perché è una diceria. Nemmeno la robivecchi ne era sicura, insomma si tratta di un pettegolezzo bello e buono. Io gliela riferirò, ma lei la prenda con le pinze».

«D'accordo. Ma se non le dispiace, facciamo presto. Ho un impegno urgente».

«Le faccio notare, gentilmente, che le domande le fa lei..., e meno ne fa e prima finiamo».

«Le chiedo scusa. Non volevo..., e allora?».

«Niente, la robivecchi aveva sentito dire da alcuni uomini del quartiere che Marzia a letto ci sapesse fare, che il prezzo era, a dir poco, esoso, e che avesse una protettrice».

Il commissario impallidì. Pensò che Gabriella Settimo si stesse divertendo a sorprenderlo con storie inverosimili.

«Ma sua cugina Adele era al corrente di questa diceria tanto pesante?».

«Non credo. Io non gliel'ho mai riferita. Adele è stramba, ascolta solo quello che vuole ascoltare..., mi avrebbe accusata di dar troppa confidenza alla gentaglia inutile e, francamente, non me la sono sentita di subire rimproveri da una..., insomma, da mia cugina».

«Vi volete bene, voi due? Sì..., lei e Adele, voglio dire».

«Direi di sì, anche se non perdiamo il sonno, l'una per l'altra. Adesso devo proprio andare. Ma lei non aveva un impegno urgente o mi sbaglio?».

L'uomo le aprì la porta e la accompagnò fuori. La ragazza lo salutò con un freddo "Buongiorno, signor commissario", e si avviò col suo passo incerto dentro la città in fiamme, sfidando la nuvola d'afa e polvere gialla che lo shurhùq alzava tutto intorno. Alle dieci, Ignazio Patania telefonò ad Adele, ma il cellulare della ragazza era spento. Ricordò di averlo spento lui stesso, la sera prima, per evitare che Teresa potesse chiamarla per chiederle ospitalità. Pensò di richiamarla più tardi; aveva bisogno di vederla, aveva bisogno di parlarle, tutto sommato aveva bisogno di stare con lei almeno per un'ora. A mezzogiorno, infatti, aveva appuntamento in commissariato con quelli della scientifica.

Capitolo Decimo

Erano le dieci e mezza. La casa di via Belmonte era deserta. Sua madre doveva essere partita per il Ritiro, con la sua amica, la sera prima o quella mattina presto. Adele guardò sul tavolo di cucina se per caso non le avessero lasciato un biglietto, qualcosa: niente, erano andate via senza pensare a lei. Dentro casa c'era un'aria abbastanza respirabile per via delle imposte serrate. Evitò, come faceva già da un anno, di accendere il condizionatore, perché le faceva venire il mal di testa. Come al solito, si muoveva per le stanze con un disagio che la faceva correre da una parte all'altra, come se qualcuno la inseguisse, evitando accuratamente di guardare gli specchi, seminati in abbondanza per ogni dove, nel corridoio, nelle stanze, perfino in cucina. Da bambina, in quegli specchi, aveva visto, o aveva creduto di vedere, delle facce sconosciute, ironiche, malevole. Fece una doccia, indossò una tunica di garza nera, raccolse i capelli ancora bagnati, sulla nuca e li fermò con una forcina trovata sulla mensola del bagno. Era una bella forcina in tartaruga con una miriade di strass colorati, roba di sua madre. Cambiò le scarpe da tennis con un vecchio paio di sandali indiani. Con quell'abbigliamento, pensò che avrebbe affrontato più agevolmente il fuoco dello scirocco. Prese lo zaino vecchio e ci mise dentro le chiavi. Riaccese il cellulare, che era rimasto spento dalla sera prima, e lesse il messaggio di "chiamata persa": il commissario l'aveva chiamata alle dieci. Adele lo richiamò dal telefono di casa. Aveva tanta voglia di sentirlo e sperava che le chiedesse di vederla.

«Ignazio Patania, chi parla?».

«Adele. Sono in via Belmonte. Mamma e la sua amica sono andate al Ritiro. Io sono tornata qui, nonostante il suo divieto, perché dovevo fare una doccia e non sapevo dove andare. Stamattina non l'ho svegliato perché pensavo che...».

«Niente, niente...».

L'interruppe lui con la voce calma e un'inflessione palermitana che la ragazza non aveva notato prima.

«Io mi sono svegliato col rumore della porta, quando lei è andata via, ho preso il caffè, che ha preparato, e, dopo mezzora di doccia, sono andato al lavoro, più sudato e accaldato che mai..., si muore, oggi... non si respira, vero?».

«Sì, ci sono quarantacinque gradi..., l'ho sentito sull'autobus...».

«Infatti..., pensavo, con questo caldo, che ne direbbe d'andare a prendere un gelato, in un posto fresco, certo trovare un posto fresco non è facile, anzi, è impossibile, ma ci si può provare, no? Che ne dice, Adele?».

«Va bene, ma io l'aspetto fuori».

«Fuori? Perché? Quando arrivo suono al portone, no?».

"No. Qui a casa, da sola, ho...».

Stava per dire che aveva paura, ma disse di avere troppo caldo e che avrebbe preferito aspettarlo al bar sotto casa, dove c'era un po' d'ombra.

«Al bar? Va bene, come vuole, sarò lì tra qualche minuto, traffico permettendo».

E chiuse la comunicazione.

«Adesso»

Disse tra sé Ignazio Patania.

«Adesso a noi due, Adele; adesso mi devi dire tutto, ma proprio tutto di te, di tua madre, delle tue coinquiline, e pure delle tua paura di rimanere sola a casa!».

Ma, così ragionando, scoprì con meraviglia che tutto quello che realmente desiderava, era vedere la ragazza, confortarla, starle vicino, farla star bene e stare bene anche lui. La zona pedonale era quasi deserta, le due palme al centro, mezze morte, scuotevano la corolla di foglie appassite, al vento infuocato che si faceva sempre più violento. Il pianoforte del bar era coperto da un drappo lucido e nero, così che l'impressione era quella di un catafalco. Sopra, vi si era steso un gatto, sfinito dalla calura. Un cameriere lo guardò e lo lasciò perdere, anche lui morto di caldo, con la camicia bianca, il gilet color amaranto e la cravatta a farfalla, nera, che gli serrava il collo come un laccio mortale. La piazzola sembrava disseccata, come se le avessero tolto il sangue e l'acqua, lasciandone il corpo grigio e rinsecchito, al sole. Non bancarelle di fiori, non stuoie di marocchini sui marciapiedi, seminate di oggetti brillanti e colorati. Gli unici venditori ambulanti, resistenti al fuoco dello shurhùq, erano due ragazzi neri, altissimi, vestiti con una camiciola bianca che arrivava sopra le ginocchia e un paio di sandali di cuoio ai piedi. Vendevano oggetti nigeriani e grandi ventagli di paglia. Adele, seduta su una sedia del bar, non riusciva a smettere di guardarli. Erano bellissimi, perfetti. Il viso regolare, la nuca perfettamente rotonda e rasa, le spalle larghe, in armonia con il resto del corpo slanciato, perfino i piedi erano belli, le dita lunghe, le caviglie snelle. Stavano immobili sotto l'acciaio fuso del fuoco, che non prometteva nessuna requie. Ad un certo punto, lo sguardo di Adele si confuse sull'ebano nerissimo di quelle due statue di Titani vittoriosi, si perse sui loro contorni precisi, taglienti. Venne colpita da una miriade di scaglie nere, traslucide, che si alzarono velocissime oltre le palme morte, oltre i palazzi più alti, puntando le loro lance verso un cielo indifferente e impietoso. La ragazza sussultò, quando il commissario, chino su di lei, le scompigliò con una mano i capelli.

«E allora? Siamo in contemplazione? Belli, quei ragazzi neri…, eh? Sì, nulla da eccepire. Io, invece, sono malmesso e catatonico, errabondo nomade, sperduto nel deserto cittadino in cerca d'acqua. Ce lo beviamo un doppio bicchiere con una generosa spruzzata d'anice, eh? Che ne dici, Adele?».

«Sicuro, anche io ho sete, ma non ho un centesimo».

Il Patania si mise a ridere, divertito.

«Per oggi, offro io».

Disse, facendo un gesto al cameriere, statico e duro come statua di sale, sulla porta del bar.

«Due bicchieroni d'acqua e anice, freddi, se possibile, grazie. Ah, senta, ci porti anche due biscotti alla mandorla, ce ne sono?».

Il cameriere, senza parlare, fece di sì con la testa, poi andò via, lentamente, come se alzare i piedi gli costasse un'immane fatica.

«Buoni i biscotti alla mandorla, vero Adele? Sono sicuro che non ha ancora fatto colazione...».

«E invece l'ho fatta la colazione»

Disse Adele, sorridendo al pensiero del ragazzino con la motoape.

«Ho mangiato uno sfincionello».

«Sì? E dove? Qui al bar?».

«No. Me lo ha offerto un tipetto sveglio che li vendeva, proprio sotto casa sua».

«Ah».

Fece il commissario, lo conosco! È Salvuccio, il sesto di otto figli, il padre entra ed esce da galera, fa il ladro professionista. La madre è una brava donna. Ma... la chiariamo una cosa, Adele? Perché continui a darmi del lei? Ti sembro tanto vecchio?».

«Macché! Io ho quarant'anni, come tu sai. Tu quanti ne hai?».

Fece la ragazza raccogliendo tutta la presenza di spirito che le riuscì di trovare.

«Cinquantacinque. Sono più vecchio di te, come vedi. Sai una cosa? Mia madre sposò un uomo più giovane di lei di dieci anni. L'età è solo una banale convenzione, o no?».

«Dipende da come si vive».

«Giusto. Io la vivo abbastanza bene. E tu?».

L'arrivo del cameriere tolse Adele dall'imbarazzo di dover rispondere; il commissario bevve tutto il suo bicchiere d'un fiato e disse al cameriere di portarne un altro. Poi, prese un biscotto morbido e profumato che gli armonizzò la vita, almeno per qualche minuto. La ragazza mangiò in silenzio, portò il bicchiere di acqua e anice alla bocca, aspirandone il profumo freschissimo.

«Adele, dobbiamo parlare degli omicidi. Non se ne può fare a meno».

La sua espressione si fece seria e preoccupata. Adele inghiottì a fatica, qualche sorso d'acqua e si dispose ad ascoltarlo.

«Ho parlato con tua cugina Gabriella, proprio stamattina. Mi ha messo al corrente di alcune cose che mi avevi taciuto, chissà perché!».

L'uomo cercò gli occhi della ragazza, ma lei continuava a tenerli bassi.

«Punto primo: Tu sapevi che Teresa Manzù, per il vizio del gioco, è finita nelle mani dello strozzino Rosario De Luca, il pescivendolo, proprietario del retrobottega dove hai avuto il colloquio con Gioia Jelacq, sorella della vittima... è vero, sì o no?».

«Sì».

«Punto secondo: perché non me l'hai detto?».

«Non lo so. È la testa che, spesso, se ne va per conto suo, specialmente quando sono spaventata..., se mi vuoi credere..., se no, non so che farci!».

«Punto terzo: tua madre è un'appassionata di spiritismo, è vero, sì o no?».

"Sì..., ma lo fa per hobby, lei non crede a quelle cose lì!».

«Ne sei sicura, Adele?».

«Non lo so».

«Hai assistito, a qualcuna di queste sedute?».

«Mai».

«Tu ci credi?».

«Te l'ho detto..., e forse te lo ha detto anche Gabriella: io, a volte, vado fuori di testa, sì, insomma... sof-

fro d'ansia, qualche volta ho delle crisi di panico...,
insomma non sto bene, i miei nervi sono fragili...».

«Ma hai avuto esperienze di quel tipo? Dimmelo, ma
vedi di restare calma, io ti sono amico, davvero, Adele, te lo giuro».

Il commissario le prese le mani e s'accorse che la ragazza tremava. Restò molto turbato.

«Sì, le ho avute».

Disse, guardandolo negli occhi, cercando di attingere
da quell'uomo, la forza per confessare i suoi incubi,
le sue paure.

«Parlamene, Adele, voglio aiutarti».

Il Patania continuava a tenerle le mani che tremavano
ancora.

«Ti devo dire una cosa, a questo proposito. Ho trovato per tre volte l'arcano degli amanti, una carta dei
tarocchi...».

Si fermò, vedendo l'espressione stranita del commissario.

«Tu sai cosa sono?».

«Ne ho sentito parlare..., sì.».

«Servono a fare divinazioni. Io ho trovato sempre la stessa carta, come ti ho detto, la prima volta nel retrobottega del La Corte, Gioia Jelacq ne stropicciava una tra le mani, la seconda l'ho trovato a terra, nel salone della villa di Mondello, dove mi era sembrato di vedere, qualche minuto prima, la governante e il giardiniere seduti a un tavolo, mentre consultavano i tarocchi. La terza volta ho trovato l'arcano degli amanti appallottolato sul mio letto, in via Belmonte».

Il commissario la guardò basito, non riusciva a pensare che si stesse impantanando in una storia tanto surreale, fatta di arcani e di sedute spiritiche. Un senso di scoraggiamento gli fece cadere le braccia a terra. Lui, un agnostico, un miscredente, uno che mai si era posto quei tipi di problematiche, digiuno in materia di esoterismo..., come sarebbe uscito da quella storia che si stava ingarbugliando maledettamente? Eppure sentiva che, a prescindere dalla risoluzione degli omicidi, avrebbe dovuto aiutare Adele a mettersi al sicuro».

«Un'ultima cosa..., hai mai avuto sentore di una diceria su Marzia?».

«Quale diceria?».

«Ehm, non saprei come dire..., insomma, tieni presente che è solo un pettegolezzo, almeno credo che lo sia...».

«Cosa?».

«Secondo te, Marzia stava solo col suo fidanzato?».

«Io l'ho visto poco a casa, in via Argenteria vecchia, voglio dire».

«E allora?».

«Marzia mi diceva sempre che lui era troppo geloso, soffocante, ma che lei tenesse moltissimo al loro rapporto. Per questo motivo lei evitava di raccontargli tutto quello che le accadeva».

«Ho capito, ma tu pensi che Marzia stesse solo con lui?».

«Stare, in che senso?».

«Che senso può avere se non uno solo e inconfutabile, Adele?».

Il Patania era sul punto di perdere la pazienza, quasi come l'aveva persa con Gabriella Settimo. Ma Adele non era Gabriella e a lui piaceva molto. Così abbassò la voce e cercò di sorridere.

«Stare con un uomo solo, cioè a dire... non andare con altri uomini. Marzia, che tu sappia, andava con altri uomini?».

A me sembrava onesta. Non credo andasse con altri. Ma non posso nemmeno giurarci. Mica la seguivo per strada..., la sera usciva quasi sempre, ma non so se andasse col fidanzato o che altro facesse...».

«Va bene. Chiuso l'argomento».

«Sono deludente, lo so. Non riesco a essere utile...».

Lui l'interruppe, l'accarezzò su una guancia.

«Ascolta».

Le disse.

«Andiamo via da qui, ti porto in un posticino all'ombra che conosco io soltanto».

Pagò il conto, l'aiutò ad alzarsi, la fece montare sulla moto e si avviò velocemente verso Monreale. Il commissario, tra una scorciatoia e l'altra, raggiunse lo stradone di mezzomonreale. Alla fine della stradone, prima di salire al paese, fermò la moto.

«Che te ne pare, Adele? non è un bel posto? Qui siamo alle falde di Monte Caputo e lassù c'è il paesino di Monreale, ci sei stata immagino, o no?».

«Sì, diverse volte».

Il cuculo stendeva il suo verso eccitato e impaziente sul compatto e greve frinire delle cicale. Qualche fo-

lata più furiosa di shurhùq, alzava degli stridori pro-
lungati tra gli alberi che si piegavano rassegnati a
quell"inaudita violenza. Sedettero su una pietra piatta, ai piedi della fontana del Marabitti, dove, su tre
delfini, si alzavano due puttini che reggevano, con le
braccine alte, una grande conchiglia, formando un
triangolo perfetto. In altri tempi, dei bei getti d'acqua
scaturivano sia dalla conchiglia che dalla bocca dei
tre delfini.

«Questa è la fontana del Pescatore».

Disse Adele.

«L'ho disegnata molte volte, a sanguigna, a china...,
ho fatto pure un acquarello..., alcuni anni fa! Più sopra, ci sono altre due fontane bellissime, quella del
Drago e quella di Lodovico Los Conveos. Ho dise-
gnato anche quelle».

«Quali tempi?».

Chiese, abbracciandola leggermente sui fianchi, il
commissario.

«Quando mi interessavo a queste cose qui...».

E gli raccontò della sua passione per l'arte. Gli disse
che prima disegnava e che da dieci anni aveva smesso tutto quanto.

«Posso chiederti perché hai smesso?».

«Insomma, non hai capito che sono ammalata e, di conseguenza, infelice. Oppure, infelice e di conseguenza, ammalata?».

«Cosa ti è successo, Adele? Che tipo di donna è tua madre? Cosa pensi di lei?».

«Non lo so. Non so che tipo di donna sia, non so cosa pensare di lei!».

Esclamò la ragazza, sollevata di poterne finalmente parlare con qualcuno, e in modo particolare, con lui, un uomo al quale aveva accordata, ormai, tutta la sua fiducia.

«Te lo chiedo ancora, cerca di ricordare, tua madre è mai venuta a casa tua? in via Argenteria vecchia, intendo».

«Non ricordo, forse una volta, i primi tempi, ma non ne sono sicura».

«Non sai se conoscesse le tue coinquiline?».

«Davvero non lo so. Io mi disinteresso di ogni cosa e dimentico facilmente quello che non m'interessa».

«Penso che tua madre sia stata in via Argenteria vecchia, quando tu non eri in casa..., penso che abbia conosciuto qualcuno, anche se la Manzù dice di non averla mai vista. Marzia Bonafede ti ha detto qualcosa a proposito?».

«No, niente».

«Che persona misteriosa è tua madre! A questo punto, le parole di quell'uomo..., quello col cappello di paglia, ricordi? beh..., chissà che non avesse ragione!»

«Ma cosa dici?».

«Per me, varrebbe la pena indagare in tal senso».

«Forse. Io non so cosa dirti».

«Al momento, sto seguendo due piste».

Disse il commissario, sovrappensiero.

«Da ora, ne seguirò una terza, alla quale darò la precedenza sulle altre due»-

«Che piste?».

«Posso dirti soltanto che una riguarda lo strozzinaggio: il La Corte non mi convince per niente..., è uno dei peggiori strozzini della città. È stato in galera per cinque anni e ne è uscito perché ammalato grave di cuore, e anche per una strana buona condotta..., mah!».

Il commissario prese un sigaro e cercò l'accendino.

«Tu non fumi?».

Chiese il Patania.

«Non ho sigarette».

«E non le hai comprate?».

«Non ho un centesimo».

«Cavolo, non puoi stare così!».

L'uomo, dopo aver acceso il sigaro, rimase per alcuni minuti in silenzio, a riflettere, poi disse con voce ferma, col tono di chi non ammette repliche.

»Ti porto da una mia amica, una brava ragazza che vive da sola, all'Albergheria. Dopo di che ti faccio un piccolo prestito che mi restituirai, quando ti sarà possibile».

Alzò una mano, per evitare che Adele potesse ribattere.

«Alt! Lasciami fare e non dire nulla. Devi stare lontana da quella combriccola, niente via Belmonte, niente Mondello, e non devi vedere nessuno di quelli impelagati in questo casino. A parte il fatto che, se tornassi in via Belmonte, ti vedresti arrivare Teresa

Manzù, in cerca di ospitalità e di chissà cos'altro ancora. Va bene? Ci siamo intesi, sì o no?».

«Sì».

Disse la ragazza, ma avrebbe voluto dirgli che mai
nessuno si era preso tanta cura di lei.

«Bene, adesso dobbiamo andare. Ho due appunta-
menti prima di sera e devo prima comprarti le sigarette e portarti dalla mia amica. Andiamo signorina?».

«Sì, Ignazio...».

Il commissario la fermò con un gesto della mano.

«Dillo ancora, ha un suono bellissimo».

«Cosa?»

Fece Adele, sinceramente stupita.

«Il mio nome, cosa se no? Non sapevo d'avere un
nome così bello! Me lo ripeti, per favore?».

«Sì, Ignazio».

E anche Adele convenne che quello fosse il nome più
bello, che lei avesse pronunciato fino ad allora. Il
puttino, che stava seduto su una pietra a pescare, si
era immalinconito, nei secoli, per la mancanza d'ac-

qua e di pesci. Altri due puttini, che si sporgevano dentro la vasca, avevano smesso d'illudersi che potessero riflettersi dentro l'acqua per cercarsi..., e, adesso, non si cercavano più. Se ne rimanevano pensosi e stanchi, immersi dentro l'acido giallo dello shurhùq, ognuno per i fatti propri. L'ultimo puttino, appoggiato all'albero di marmo, non si poteva capire che espressione avesse, perché qualcuno aveva pensato a decapitarlo e a staccargli il braccio destro. Una lapide, tra le rocce della fontana, portava la scritta:"Praebet aquam fons arbor amicam sufficit cuias ultra lasse viato habes?" che voleva dire "La fontana offre l'acqua, l'albero l'ombra amica, di cos'altro ha bisogno il viandante stanco?" La canicola più dura e pesante del mezzogiorno, si abbatté su Palermo, con un colpo deflagrante che si allargò per la montagna in mille echi.

Capitolo Undicesimo

All'Albergheria, uno dei quartieri più antichi della città, dove si snoda l'intricato mercato di Ballarò, ci arrivarono a mezzogiorno e venti. Il quartiere stava appiattito sotto il mantello fosco del cielo, annegato nel calore che infuriava, sottraendo energia agli uomini e agli animali. L'aria era più pesante che altrove per via del forte odore dei generi alimentari esposti sui banchi all'aperto, sotto ai quali i cani randagi del mercato si erano accucciati, in cerca di frescura. Ogni bottega teneva la radio accesa e, se non era una radio, era uno stereo o un televisore. Gli uomini gridavano la loro merce dentro alle raffiche violente di vento e le voci rassomigliavano al rantolo delle bestie ferite. A quei rantoli si sovrapponevano canzonette, previsioni del tempo, pubblicità, partite di calcio. Il commissario posteggiò la moto in Piazza San Saverio, e anche lì non ebbe bisogno di mettere la catena per evitare che gliela rubassero. Adele pensò che non portasse nemmeno una catena dentro il borsone di cuoio, e sorrise, pensando che in città fossero in tanti a conoscere il proprietario del Falcone nero. Il Patania suonò al portoncino di un palazzotto a due piani, appena restaurato, dove tre muratori, a torso nudo e senza casco, appollaiati sull'impalcatura di legno, lavoravano ancora alla facciata. Il commissario, quando lo salutarono, disse di rimando:

«Quando scendo, se non vi trovo col casco, vi faccio una multa che non finisce più, a voi e al signor Guzzetta, benemerito imprenditore!».

Poi, rivolgendosi ad Adele:

«Qui il casco a malapena lo usano i parrucchieri! Tra questa gente e il casco c'è un conflitto d'interesse. Loro pensano che, usarlo in moto e sul lavoro, sia..., come dire? una mancanza di coraggio, di virilità! Quasi tutti gli imprenditori edili, ormai, si sono riforniti almeno di caschi, guanti e roba simile..., ma loro..., vedi? si ostinano a non usare niente!».

Alla fine della seconda rampa di scale, una donna stava già sulla porta ad attenderli. Era scura di carnagione, gli occhi grandi e neri, i capelli bruni striati appena di bianco, legati sulla nuca con un laccetto rosso. Si fece da parte per lasciarli entrare. Salutò con una pacca sulle spalle il commissario, poi stese la mano alla ragazza, presentandosi:

«Sono Rashida Habib, entra pure, benvenuta a casa mia!».

«Io sono Adele Papi, felice di fare la tua conoscenza».

Rispose la ragazza con un sorriso che le affiorò, spontaneo e sincero, sulle labbra.

«Rashida, potresti tenere qui con te, Adele, per qualche tempo? Al momento, è meglio che non torni a casa, non posso spiegarti, ma penso ti fidi di me, o no?».

«Certo che mi fido di te, commissario!».

Poi, rivolgendosi alla ragazza, disse con aria mite e buona:

«Se ti accontenti di un posto sul divano per dormire e di un piatto alla mia povera tavola, potrai restare qui finché vorrai.».

«Grazie, sei davvero gentile. A me basta poco..., è bella casa tua, Rashida, e molto bello è anche questo quartiere!».

«Sì, è bella la nostra città..., io sono del Sudan, di Khartoum, una terra splendida e infelice, ma vivo qui a Palermo da vent'anni, parlo il dialetto meglio dell'italiano, succede a molti immigrati, sai? Qui all'Albergheria siamo in molti...».

«Sai com'è Adele?».

Disse il commissario con l'aria preoccupata, che gli veniva quando le sue riflessioni risultavano poco rassicuranti.

«Qui non è proprio il melting pot, che si vorrebbe far sembrare; questa benedetta integrazione, almeno finora, resta un ideale da raggiungere. Poi, come se non bastasse, anche i vecchi abitanti del quartiere, gli indigeni, che vivono tra immigrati, intellettuali e curiosi, hanno i loro problemi che non si risolvono mai!».

Così, parlando, si erano seduti sul divano del soggiorno dove, dal balcone aperto sulla terrazza, sembrava di tenere tra le braccia la chiesa barocca di San Saverio. Rashida si alzò per andare a prendere un vassoio, tre bicchierini e una bottiglia di vino zibibbo.

«Lo beviamo anche a quest'ora, vero?»

Disse, rivolta agli ospiti. Sorrise, ma i suoi occhi erano molto malinconici. Adele fissava la chiesa di fronte, senza parlare. Il commissario si alzò, mise in mano ad Adele un rotolino di banconote e il pacchetto di sigarette che aveva comprato sullo strada del ritorno; salutò le due donne con un unico abbraccio e andò via. Alle 2 di quel pomeriggio, avrebbe dovuto vedere il Pm, Viola Paterna, ed era già tardi. Davanti al portone non trovò più i muratori che lavoravano senza casco sull'impalcatura. Li vide quando stava svoltando con la moto su Corso Tukory: stavano appoggiati al un muro di un bar, sfiniti dalla calura, a far niente. Pensò che fossero in pausa pranzo, e che stessero digerendo il panino con milza e qualche bottiglia di birra, presi al bar. La dottoressa Paterna, alla quale erano state affidate le indagini del duplice omicidio di via Argenteria vecchia, era una cinquantenne di bell'aspetto, collega di facoltà del Patania. Si era laureata col massimo dei voti e, dopo tre anni di praticantato nello studio del padre, vedovo, misantropo ed egoista, era partita per Milano, dove aveva esercitato la professione forense per cinque anni. A trentacinque anni, si era rimessa a studiare, aveva partecipato ad un concorso pubblico per magistrato e, dopo aver vinto tutto quello che c'era da vincere, era tornata nella sua città natale dove aveva iniziato quel nuovo capitolo della sua vita. Il padre era ormai molto vecchio e, in qualche modo, aveva mitigato il suo temperamento collerico e dispotico. La donna aveva del carattere, non aveva mai abbassato la guardia contro gli indagati di reato, fossero stati anche grossi politici, mafiosi o, semplicemente, ricchi cittadini. Per quel suo modo onesto e incorruttibile di procedere non godeva della simpatia dei potenti, ma, in compenso, era diventata molto popolare tra i mille diseredati della città vecchia. A volte, le era successo di lavorare ad un caso insieme al Patania, e, insieme, avevano formato un tandem quasi perfetto. Quell'uomo le era sempre piaciuto molto e, durante l'ultimo anno di università, avevano anche avuto una breve, ma vivace, storia sentimentale. Viola Paterna abitava in via Siracusa, una traversa di Via Libertà, dove, come scriveva un cronista dei primi del Novecento "dopo ogni pranzo, sia d'estate che d'inverno, sfilano nei loro eleganti equipaggi le dame e le fanciulle delle due aristocrazie del blasone e del denaro", e da quel tempo le cose non erano cambiate molto; sicuramente l'aristocrazia del blasone non contava più tanto, ma quella del denaro si era moltiplicata, partorendo giovani virgulti, spesso marci alla radice. In quel primo pomeriggio d'inferno, su Via Libertà non c'era quasi nessuno che si avventurasse a sfidare la canicola. Il commissario posteggiò la moto all'ombra di un platano di Via Siracusa, e suonò al portone altissimo, in noce chiara, intagliato e decorato da inserti in ferro battuto. Viola, nell'appartamento del padre, al secondo piano, si era recintato uno spazio all'interno della vasta casa: tre stanze con bagno e cucinino. Una linea Maginot contro gli attacchi esterni che sarebbero potuti provenire dalle rimanenti sei stanze, dove il vecchio governava, indiscusso tiranno, con l'ausilio di una coppia di giovani Pachistani che lo ubbidivano e, in un certo senso, gli erano anche affezionati e devoti.

«Ti saluto, Viola del mio pensiero».

L'apostrofò il commissario, appena entrato nell'ingresso, dove si aprivano due porte: una che immetteva nel rifugio di Viola e l'altra che dava sul territorio del vecchio padre.

«Ciao bellimbusto, come ti va?».

Disse la donna ridendo.

«Oggi, mi trovi più stanca del solito, con queste vampe atroci non riesco nemmeno a connettere. Dunque non venirmi a fare discorsi complicati, siedi e riposati. Ti porto un bicchiere d'acqua o vuoi mangiare qualcosa? Hai tutta l'aria di essere a digiuno!».

«Infatti, non ti sbagli. Non è che ci potremmo fare un piatto di pasta?».

Sorrise sornione.

«Come ai bei tempi!».

Aggiunse, raggiungendola in cucina.

«Anche io non ho avuto né il tempo né la voglia di mangiare, vada per la pasta, metti su la pentola che io preparo il sugo».

«Ce l'hai il vino, Violetta?».

195

«Sì, ma, se dobbiamo parlare di omicidi, meglio bere poco!».

«Agli ordini!».

Esclamò il commissario. Dalle stanze del padre veniva un leggero suono di sitar, accompagnato da una voce acuta, lancinante nei toni più alti, eppure soave nel suo insieme.

«Chi suona?».

Chiese il Patania, incuriosito.

«Il sitar, dici? è Kunwar, il più grande dei due pachistani di mio padre, la voce, invece, è del piccolo Suvrata. Ti piace questa musica, vero? Anche a me. Sono due ragazzi speciali. Se vuoi te li faccio conoscere».

«No, grazie. Magari un'altra volta. Adesso, mangiamo e poi ci dedichiamo alle cose serie. Parlo degli omicidi del mercato..., ci siamo, o no? Mi dovresti firmare l'autorizzazione a procedere con un sopralluogo, insomma, sì, mi serve di sottoporre a perquisizione due case, uno, veramente, è un retrobottega, l'altra è una villa a Mondello. Poi, mi dovresti autorizzare una perizia psichiatrica per Teresa Manzù, l'altra coinquilina di Adele... La poveretta non ha alibi per nessuno dei due delitti e, al momento, sembra la maggiore indiziata.

«Alt!».

Disse, in maniera perentoria, la dottoressa Paterna, riempiendo due ciotole di pasta fumante.

«Adesso mangiamo che, dette così, le cose, mi fanno confondere».

Sedette a tavola e cominciò a mangiare, con una velocità incredibile, la pasta al sugo, dove aveva anche aggiunto del basilico freschissimo, raccolto da una piantina, che teneva sul davanzale della finestra. Il sitar di Kunvar continuò a espandersi per tutta la casa, sottolineando la malinconia soave della voce di Suvrata. Dopo l'ultimo bicchiere di vino, si accomodarono sul divano, a parlare. Il commissario le spiegò, per filo e per segno, tutto quello che pensava di fare a proposito degli omicidi di via Argenteria vecchia, spiegandole perché gli servissero le autorizzazioni per le perquisizioni e per la perizia psichiatrica.

«Dunque, vorresti indagare ufficialmente, per indizi di reità, la Manzù, lo strozzino La Corte, e la contessa Valentina Settimo-Papi..., ma...».

Il Patania la interruppe, meravigliato.

«Ma come, la Settimo è contessa?».

197

«Per parte di marito!».

Esclamò, ridendo, la dottoressa Paterna.

«Ah, dicevo io..., ma si, sicuro, la contessa. Quella non me la racconta giusta!».

Il commissario le disse di Adele, della cugina Gabriella, non tralasciando nemmeno un piccolo particolare.

«Te lo dico subito, Ignazio..., per la contessa avrò problemi. È amica di mezza Palermo che conta, soprattutto in politica è bene introdotta, rispettata, ha fatto dei favori all'onorevole Di Gotti».

«Come?».

Si stupì il commissario.

«Quello...».

«Sì, proprio quello. Erano amanti fino a dieci anni fa, e, adesso, sono legati, stretti da grossi interessi in comune».

«E che fai, non me lo firmi il mandato?».

«Credo di sì, mi conosci..., però mi metto negli impicci; ma si, poco male, non sarebbe la prima volta! Vieni domani in tribunale, e, probabilmente, avrai quello che ti serve. Parlerò con un giudice, mio amico, lui mi consiglierà che corde toccare per non soccombere alla potenza del Di Gotti. Tranquillo, Ignazio, andrà tutto per il meglio».

«Ti saluto Violetta, sono in ritardo per un appuntamento importante».

«Donna...?».

«Ma quando mai! Devo andare a parlare con quel fetente di strozzino! Con De Luca, al mercato, nel suo fetido retrobottega..., dice che non può venire in commissariato perché è ammalato grave, cardiopatico, non può lasciare il letto! Ha prodotto certificato medico al mio invito a conferire al comando di polizia..., e così devo andare io da lui. Ti voglio bene, Viola, ciao».

«Ciao, bellimbusto!».

Il commissario scese di corsa le scale, inforcò il Falcone nero, e sparì sotto il cielo grigio dal quale piovevano aghi gialli di shurhùq. L'aria cittadina era quella di una landa desolata, i negozi chiusi, serrate le imposte dei balconi, non macchine né passanti, solo il vento umido con le sue raffiche nervose, eccitate, che facevano sbocciare, in fretta, tutti i fiori marci dei vicoli, delle fogne. Fiori rossi, molli, carnali, fiori che suggerivano peccati, e che, appena nati, profu-

mavano già di morte, spiaccicati sui marciapiedi de-
serti.

Capitolo Dodicesimo

Erano le quattro e trenta del pomeriggio. Il commissario posteggiò un attimo al primo bar della stazione centrale, perché il vino di Viola gli aveva messo una sete incredibile. Un ragazzo, obeso con la canottiera bianca sudata sotto le ascelle e sul petto, stava con la testa rapata quasi appiccicata ad un piccolo ventilatore portatile. Gli occhi erano fissi, senza espressione, sul televisore spento. Una contraerea di mosche, inviperite, gli ronzava intorno. Dietro il banco dei gelati, una filippina cercava di addormentare il suo bambino, riverso sulla spalla, urlante e recalcitrante. Lei rimaneva calma, cantava ad occhi chiusi e gli batteva ritmicamente una mano sulla schiena. Il commissario entrò scostando la tenda di plastica e rimase a guardare. Non riusciva a decidere a chi chiedere due bottigliette d'acqua, se al ragazzo in trance dentro alla contraerea di mosche o alla filippina che quasi dormiva nel tentativo inutile di addormentare il suo bambino. Per fortuna, uscì dal bagno un signore di mezza età, le spalle curve, infagottato dentro un grande grembiule bianco. Sulla testa aveva un cappellino rosanero del Palermo. Dei rivoli d'acqua gli scendevano sulla faccia. L'uomo si rivolse gentilmente al Patania:

201

«Mi scusi, ma mi sono andato a bagnare i capelli...,
sto morendo di caldo..., in che posso servirla?».

«Due bottigliette d'acqua, grazie».

«Come la vuole? Frizzante o liscia?».

«Non importa».

Rispose il commissario che stava letteralmente morendo di sete.

«Qualsiasi acqua va bene».

«Allora gliela posso dare io, dal rubinetto..., non faccia complimenti!»

Esclamò l'uomo sorridendo.

«No, grazie. La devo bere dopo»

«Ah, va bene..., dunque ha detto come? Frizzante o
liscia?».

«Facciamo una liscia e una frizzante, che ne dice?».

«Ho capito, una e una..., deve essere un tipo curioso
lei, vero? Le vuole provare tutte. Aspetti un minuto
che vado a prendere le bottigliette. Ce le ho nell'altro
frigo, quello della cucina, perché questo qui...».

E indicò il frigorifero del bar.

«Si è scassato stamattina..., vengo subito, ci metto un minuto».

E sparì da una porticina sulla sinistra del locale, proprio dietro alla filippina che si era del tutto addormentata, mentre il suo bambino continuava a strepitare e a darle calci sul petto. Il ragazzo con la canottiera bianca non si mosse di un centimetro. Qualche mosca della contraerea s'era messa a succhiare il filo di sudore che gli scendeva dal collo. Dopo alcuni minuti, l'uomo col capellino rosanero tornò con due bottigliette d'acqua, una per mano.

«Se mi posso permettere, le consiglierei, con questo scirocco infame, di prendere due bottiglie grandi, che costano anche meno, se facciamo la proporzione con l'acqua che ci sta dentro..., quelle grandi ce le ho da un litro, da un litro e mezzo e da due litri. Che dice? Vuole queste o l'ho convinto a risparmiare e a bere di più?».

Così dicendo, gli inviò un sorriso calmo, innocente e sincero, mettendo in mostra, senza pudore, una bocca dove alcuni denti, lunghissimi e gialli, si alternavano a larghi spazi vuoti.

«Due bottiglie da un litro di acqua liscia, grazie».

Disse il commissario, tentando di impostare la voce su un tono autoritario, deciso, e che non ammetteva repliche.

«Ma non la vuole più quella frizzante? Non aveva detto una liscia e una frizzante, o avevo capito male io? Sa, non ci sento molto bene dall'orecchio sinistro..., l'età! Non li dimostro, ma ne ho settantacinque... ah! Sembra ieri che...».

«Quanto pago?».

«Ora, un minuto, che vado a prendere le bottiglie..., ho capito che è di premura, le chiedo scusa, ma ogni tanto una parola la scambio con i clienti..., per cortesia, per un senso di umanità, capisce? Aspetti che torno subito».

E sparì, ancora una volta, dietro la porticina, le spalle più curve di prima, forse per la mortificazione di non essere stato apprezzato. Quando riapparve, teneva le bottiglie dentro un sacchetto di plastica. Gliele porse mormorando:

«Tre euri».

E poi tacque anche quando il Patania lo salutò. Il commissario ci rimase male, pensò di essere stato troppo brusco e anche poco socievole. Maledì il vino di Viola che gli procurava quell'insopportabile senso di arsura.

«Si vede che era un vino fasullo, di quelli lavorati male».

Pensò il Patania.

«Viola non ne capisce niente di vinificazione, non sa scegliere..., le dovrò fare qualche lezione privata!»

Il pensiero di Viola, che non sapeva distinguere un vino buono da un orribile intruglio, lo fece, comunque, sorridere con tenerezza. Bevve una mezza bottiglia d'acqua, appoggiandosi alla moto. Pensò, con una certa amarezza, che, invece di ritrovarsi da solo a cinquantacinque anni, avrebbe potuto godere della compagnia della donna e avere anche dei figli. Fece una smorfia di disgusto, ringraziando la sua buona stella che, solo raramente, gli faceva venire in mente tali idiote recriminazioni. Però, dovette ammettere con se stesso che di Viola era stato davvero innamorato. Era stata una bella passione. Erano tutti e due molto giovani, alle soglie della laurea. Poi, lei aveva cominciato a parlare di fidanzamento e matrimonio e lui era scappato a gambe levate. Provava terrore per i legami definitivi, e quel terrore si era rivelato, nel tempo, anche più forte dell'amore. Stava finendo di bere la prima bottiglia d'acqua, quando squillò il cellulare di servizio:

«Buongiorno, Ignazio, sei in giro tra le fiamme? Ti ho chiamato in ufficio ma non c'eri..., ho una notizia per te: dall'autopsia, risulta che Bella Jelacq è morta per infarto del miocardio e non per la botta ricevuta in testa. Che te ne sembra?». Il Patania restò con la bottiglia d'acqua a mezz'aria.

«E non può essere che la botta in testa le abbia provocato l'infarto?».

Chiese al dottor Alfredo Ragusa, medico legale pignolo e perfezionista, suo amico da vent'anni.

«Certamente, è possibile. Come è possibile che si sia spaventata a morte prima della botta in testa, come è pure possibile che lo abbia avuto, l'infarto, per chiamata diretta del Padreterno. Infatti, devo aggiungere, che di infarti ne aveva avuto un altro, qualche anno fa, per quello che mi risulta ...».

«Ho capito, Alfredo, ho capito...».

«Un attimo, Ignazio, dall'autopsia è risultato anche che la vittima non aveva avuto rapporti fisici, né consenzienti, né forzati, almeno da due giorni, e, poi, quell'assurda posizione in cui abbiamo trovato il cadavere della massaggiatrice..., ammesso che sia morta naturalmente, che c'entrava trovarla distesa supina con le mani incrociate sul petto? Sembrava quasi una

santa e, invece, era una..., ma sì, lasciamo perdere!
Lo sappiamo cos'era...».

«Si certo, Alfredo, era una prostituta, e le mani incrociate sul petto, come una santa, appunto, potrebbero voler dire che l'hanno messa in quel modo per
sbeffeggiarla, o no?».

Il commissario pensò di avere ripetuto le parole di
Gabriella Settimo, suo malgrado.

«E l'altra, la Marzia Bonafede...».

Riprese il medico legale.

«Neanche lei aveva avuto rapporti fisici, di nessun
tipo, da un po' di giorni..., inoltre è annegata per sof-
focamento, perché ha perso i sensi, mentre faceva il
bagno. Infatti non ci sono segni di colluttazione o di
violenza sul suo corpo..., niente, insomma, che possa
far pensare che qualcuno l'abbia trascinata con la forza dentro la vasca, e che le abbia tenuto la testa dentro l'acqua fino a farla annegare. Che te ne pare di
questa cosa qui?».

«Questo lo supponevo, sai, anche io, a volte riesco a
ragionare..., va bene, Alfredo, ora ti saluto, mi aspetta lo strozzino Rosario La corte, al mercato..., lo vo-
gliamo fare spazientire?».

Il commissario bevve tutta l'acqua della bottiglia, pensando che la storia si stava ingarbugliando un pochino, salì sulla moto e si avviò verso il mercato. Lungo la Via Roma, quasi deserta, continuò a pensare a quei risultati delle autopsie.

«Se Bella Jelacq fosse morta per chiamata diretta del Padreterno, come afferma il medico legale, e la Manzù fosse annegata nella vasca da bagno, per uno svenimento causato da un malore improvviso, allora quale caspita di assassini dovrei ricercare, io?».

Accostò la moto al marciapiede, spense il motore e rimase come bloccato in quella riflessione che lo sconcertava.

«Ma c'è sempre la coppa con la base di marmo pesante, lanciata sulla nuca di Bella Jelacq, la posizione supina, le mani incrociate sul petto..., e il cagnolino dal quale la vittima non si separava mai, dov'è finito? Bisogna lavorare su queste cose, per venire a capo della verità..., e l'assassino è uno, o gli omicidi non hanno nulla in comune? E perché "assassino" se la massaggiatrice non è morta per il colpo sulla nuca? E che cosa ha spaventato a morte Marzia Bonafede, tanto da provocarle uno svenimento? O è svenuta per un malore che non c'entra nulla con un possibile spavento?».

Ricordò che sia Adele che la Manzù gli avevano detto che Marzia soffriva d'anemia e che a volte le capitava di svenire. Il commissario prese la seconda bottiglia d'acqua dal borsone della moto e ne bevve quasi metà tutta d'un fiato. Si asciugò le labbra con il
dorso della mano e si spruzzò sul viso il resto
dell'acqua, che subito si trasformò in altro sudore,
caldo, viscido, insopportabile. Al mercato ci arrivò
alle cinque precise. Per le stradine non c'era quasi
nessuno. Qualche rigattiere lanciava secchiate d'acqua sulla frutta e sulla verdura che marcivano a vista
d'occhio. I pesci erano stati ricoperti da strati di
ghiaccio che si scioglievano velocemente, creando
una putrida amalgama di umori e fango. Qualche
bottega era già stata chiusa in anticipo. Faceva impressione vedere il mercato quasi vuoto, senza voci e
senza colori. Posteggiò la moto e si avvicinò al portoncino del retrobottega, che era appena socchiuso,
quando un vecchio gobbo gli fece cenno con la mano, invitandolo a raggiungerlo sotto l'arco di un vicolo, dove se ne stava accucciato con i suoi giornali
vecchi. Il Patania lo raggiunse, pensando che si trat-
tasse del gobbo che aveva tanto inquietato Adele, tirando in ballo sua madre, riguardo ai conflitti tra le
sorelle Jelacq. Il vecchio restò accucciato, il cappello
di paglia sugli occhi.

«Si avvicini, signor commissario, io oggi non posso stare in piedi, sono tutto dolori, lo scirocco mi sta ammazzando».

Il Patania si accoccolò sulle ginocchia e fece una smorfia di disgusto, perché il gobbo puzzava di vino e di sudiciume.

«Che cosa vuole? Perché mi ha chiamato?».

«Si avvicini, glielo dico all'orecchio..., le sorelle litigavano sempre, si odiavano. Io portavo i romanzi a fumetti a Bella, ci salivo a casa, mi offriva da bere, ma non mi ha mai voluto come cliente..., forse perché ho un po' di gobba, non so. Insomma, una volta, l'anno scorso, ci ho portato i romanzi e ci ho trovato una gran signora e loro due, le sorelle, litigavano forte e si sono pure ferite la faccia con le unghie. Io ho saputo da un "uccellino" che quella gran signora era la madre della signorina Papi, quella del secondo piano. L'altro giorno l'ho detto pure a lei, alla signorina, ma parlare con quella è come parlare con un muro: è mezza babba. A quella la vogliono imbrogliare, soprattutto Gioia e Rosario, il pescivendolo. Per scagionarsi. Secondo me a Bella l'hanno ammazzata loro due, o, forse, solo Gioia. Ora se ne vada, che se qualcuno ci vede parlare mi pigliano per spione della questura».

«Domani venga a deporre al commissariato...».

«Ma quando mai! Lei se lo deve dimenticare che ha parlato con me!».

«Ma non lo sa che non può rifiutarsi?».

«Ma che uscì pazzo? Ma chi la conosce a lei? Mi devo mettere a gridare?».

E, così dicendo, il gobbo cominciò ad alzare la voce e a piagnucolare che gli volevano fare del male. Il Patania lo lasciò perdere, sicuro che mai più il vecchio gobbo si sarebbe fatto vedere al mercato, per molto tempo.

«Commissario, arrivo!».

L'agente Fiorenzi stava svoltando da Via dei Cassari su Piazza del Garraffello, dove l'omonima fontana del '500 stava secca, sporca, tra mucchietti di immondizia, specialmente bucce di anguria, un frutto che i palermitani divoravano con l'afa maledetta dello shurhùq. In un angolino della piazza, il palazzo del Duca di Sperlinga cadeva in rovina senza darsene più pena, come un povero mendicante abbandonato da Dio e dagli uomini. Nelle vicinanze, altri palazzi storici morivano in silenzio, in quel quartiere della Loggia senz'acqua nelle fontane e senza sangue nelle vene, livido, bluastro, eccellente cadavere, scosso dal vento infuocato, simile ai quarti di vitelli appesi ai ganci delle macellerie.

«Cavolo!».

Disse tra i denti il commissario, guardando quello sfacelo.

«Ma come si può mandare a farsi fottere una città in questa maniera indegna?».

«Commissario, sono qui! Ho dovuto posteggiare alla Cala, me la sono fatta di corsa la strada..., ho corso come un cavallo e sono sudato come una capra».

Il poveretto ansimava, il commissario lo interruppe bruscamente:

«E basta con queste similitudini, Fiorenzi, non ti basta l'aria mefitica che c'è qui, con questo tempo infernale? Ho capito che sei stanco, comprati un motorino, così lo posteggi facilmente, no? E non te la fare tutta a piedi, la strada. Lo hai portato il computer? Sì, bravo. Ma non tenerlo stretto al petto che altrimenti sudi di più!».

Si pentì subito di quella sfuriata al povero Fiorenzi, ma era troppo incavolato. I discorsi del vecchio gobbo gli rimbalzavano nella testa come palline di ping pong. Quella donna, la contessa Settimo, c'entrava davvero con gli omicidi del 22 e 23 maggio? Spinse il portoncino del retrobottega chiamando il La Corte.

«È permesso, signor La Corte..., si può entrare?».

Dopo qualche minuto, si affacciò sulla soglia, Gioia Jelacq, la sorella della massaggiatrice. Aveva smesso il lutto, portato soltanto per un giorno, si era fatta tingere i capelli con delle larghe mèches più platinate che mai, gli occhi erano sottolineati da una matita violacea e le mani, enormi, erano state messe a nuovo da una french manicure, che faceva risaltare ancora di più le dita nodose, tozze, piene di anelli d'oro. Ai polsi tintinnavano ferocemente i bracciali, con una serie inconcepibile di ciondoli. Andò incontro al commissario stendendo le braccia nude, come un'orribile bambola meccanica:

«Signor commissario, che consolazione poterla vedere qui, in questa casa, grazie, grazie..., il signor La Corte, poveretto, sta molto male, non si può muovere dal letto..., io sono venuta a fargli compagnia. E quello chi è?».

Chiese al commissario, indicando col mento l'agente Fiorenzi che se ne era rimasto sulla soglia a cercare un po' d'aria da respirare, che non fosse la bieca e greve miscela di quel retrobottega, un insieme di deodorante alle rose, odore di caffè e fumo di sigarette, con un sottofondo di muffa stantia.

«Quello è l'agente Fiorenzi».

Disse il commissario, poi, rivolgendosi all'uomo:

213

«Agente Fiorenzi, questa è Gioia Jelacq, sorella della massaggiatrice...».

«Quella...».

«Sì, proprio quella! Ci possiamo sedere, signora?».

«Sicuro, signor commissario, si sieda qui, la prego».

Disse la donna, spingendolo su una poltroncina di velluto rosso, poi fece cenno al Fiorenzi di sedere su una seggiola di plastica bianca, proprio vicino al portoncino, rimasto accostato.

«Vado a prendere il signor La Corte, è tutto dolori, non si può muovere! Io, come le ho detto, son venuta a fargli un po' di compagnia.».

E sparì dietro un tendone giallo. In quel buco asfittico, stavano ammassati una moltitudine di mobili nuovi, lucidi e puliti, tutti imitazioni di diversi stili, dal biedermaeier al napoleonico, con centri e centrini, e sopra i centrini dei vasi colorati con fiori finti. In un angolo, sopra un grande televisore, il ritratto di un Santo con una lampadina votiva. Gioia Jelacq tornò tenendo per una mano il vecchio usuraio, alto e rinsecchito, le gote rosse, la barba di una settimana, ispida, sporca, rossiccia, le palpebre rigonfie spioventi sul naso grosso e carnoso. La bocca stretta e larga simile alla fessura di un salvadanaio impostata su un sorriso che voleva essere mite, ma che risultava un ghigno volgare e sfrontato. Anche l'espressione degli occhi, scivolati all'ingiù, era volgare e sfrontata. Il doppio mento grinzoso finiva sul collo lungo, paonazzo, dove due vene bluastre correvano intrecciandosi fino al petto su cui luccicava una grossa collana d'oro a maglia serpentina, da dove ciondolava la faccia di un Santo, in rilievo. L'uomo sedette sulla poltroncina di fronte al commissario e chiese se non ci fosse del caffè da offrire agli ospiti.

«Sicuro che c'è! Non lo senti il profumo, Rosario? L'ho preparato apposta per il commissario. La donna prese la Moka dal fornello a gas e riempì tre tazzine che aveva già disposto su un vassoio di plastica.

«Ah!».

Fece, dopo aver riempito le tazzine.

«C'è pure quello, il poliziotto!».

Il Fiorenzi, sentendosi tirare in ballo, fu pronto a rifiutare il caffè, adducendo dei crampi allo stomaco, per via della calura. Il La Corte prese al volo una tazzina e la bevve avidamente.

«Che vuole, signor commissario, tanto ho i giorni contati! Mi privo di tutto, ma il caffè non me lo deve toccare nessuno».

Il Patania ignorò la sua tazzina e fece segno all'agente di accendere il notebook.

«Allora, cominciamo?».

Il vecchio usuraio aprì le braccia in segno di scoraggiamento e di remissività.

«Qua siamo!».

Disse, guardando il soffitto.

«Dove si trovava la mattina del 22 maggio, alle otto, circa?».

«Mi devo mettere a ridere commissario?».

«Se possibile, eviti, e mi risponda a tono».

«Ma dove potevo essere? Non esco da casa da un secolo! Sono ammalato grave!».

«Conosceva Bella Jelacq, trovata morta dalla sorella Gioia, alle nove del mattino, del 22 maggio? Morta presumibilmente ammazzata...».

«Perché».

Fece il vecchio, con un mezzo sorriso di scherno.

«Non siete sicuri che morì ammazzata?».

«Lasciamo perdere, La Corte..., certo che siamo sicuri!».

Il commissario maledì mentalmente quel diavolo di medico legale, che gli aveva messo in mente l'ipotesi della morte naturale.

«Bella come il sole e buona come il pane! Certo che la conoscevo..., vent'anni fa vennero a stare qui, nel palazzo di fronte, tutte e due le sorelle, Bella e Gioia. Poi Gioia si sposò e andò via. Vero Gioia?».

«Sì, sì..., è vero! Andai a vivere con mio marito, buonanima, a Passo di Rigano, in una bella casa popolare, a scomputo. Lui è morto tre anni fa e ora vivo da sola. Ma venivo quasi ogni mattina da Bella, stavo qualche ora e poi me ne tornavo a casa. È vero Rosario?».

«Sì, Gioia, è vero!».

«Sappiamo per certo che non fu un omicidio a scopo di furto..., lei che ne pensa, signor La Corte?».

«Ma che dovevano rubare alla poveretta? Viveva a stento con quello che guadagnava...».

Ma lei lo sa, vero, che tipo di lavoro faceva?».

"Signor commissario, ognuno fa quello che sa fare e che vuole fare. Lei, per esempio, mi perdoni, fa lo sbirro, che non è parola d'offesa...».

«Sa se la vittima aveva nemici?».

«E che ne so io? Io posso parlare per me..., io non ne ho nemici, perché ho fatto sempre bene a tutti. Ma pure lei, poverina, faceva del bene a tutti! Certuni la pregavano per farsi fare le carte e lei le faceva gratis...».

«Che carte?».

«Come si chiamano? I tarocchi...».

«Ma quali carte!».

Intervenne Gioia.

«Lo faceva per accontentare certe poverette che si erano lasciate col fidanzato..., il fatto è che era troppo buona e non sapeva dire di no a nessuno!».

Al commissario, l'accenno ai tarocchi, ricordò quello che gli aveva detto Adele a proposito del ritrovamento dell'arcano degli amanti, per ben tre volte e in tre posti diversi, anche lì, nel retrobottega del La Corte. Decise di rifletterci dopo, con calma, perché gli era balenata un'idea che avrebbe potuto trasformarsi in una pista da seguire.

«Dove si trovava lei il giorno 23, martedì, alle due e mezza del pomeriggio?».

Riprese, rivolgendosi al vecchio usuraio.

«A letto, a vedere una telenovela che fanno ogni giorno».

«Signor La Corte, c'è qualcuno che possa testimoniare che lei, il 22 maggio alle otto di mattina e il 23 maggio alle due e mezza del pomeriggio, era in casa?».

«Sicuro. La qui presente Gioia»

«Ma, signora…».

fece il commissario rivolto alla Jelacq.

«Lei, la mattina di lunedì, non trovò sua sorella morta, alle nove circa?».

«E che vuol dire, signor commissario? Io prima di salire da Bella, passavo sempre da qui, salutavo Rosario e poi facevo quello che dovevo fare. Quel giorno, alle otto di mattina, il caffè insieme stavamo prendendo.».

«Ah! capisco,».

Disse il commissario.

«E non vide nessuno entrare nel portoncino di fronte, al numero 35?».

«No, nessuno, glielo posso giurare sui miei morti!».

«E il 23, alle due e mezza del pomeriggio? Stessa cosa, immagino, prendevate il caffè, insieme, si o no?».

«Sì. Ha indovinato. Ero venuta qui all'una e mezza, ho preparato la pasta, abbiamo mangiato e, alle due e mezza, prendevamo il caffè, io qui nella sala e Rosario a letto, di là, che c'è un altro televisore piccolo e guardava la telenovela».

«Aveva nemici sua sorella?».

«Ma quando mai! Tutti la amavano. Lei si faceva amare..., era buona. Loro arrivavano, stavano circa un'ora, pagavano l'onorario, e se ne andavano con tanto di saluti e abbracci. Niente odio. Questo glielo posso firmare col sangue!».

«E che fine ha fatto il cagnolino di sua sorella?»

«Ma chi? Tutù? Povero sfortunato! L'abbiamo trovato vicino a un cassonetto della spazzatura, bruciato. Forse, quando hanno dato fuoco all'immondizia, lui era vicino e non si salvò..., era debole, vecchio..., non ebbe la forza di scappare!».

«Quando l'avete trovato?».

«La sera dell'omicidio della buonanima! Io ero qui, con Rosario che mi confortava, piangevo che non riuscivo a finirla e mi stava venendo un colpo al cuore. Sentimmo voci qui, a Piazza Garraffello, mi spaventai e andai a vedere. Dei ragazzini avevano trovato il cane morto bruciato».

«E che fece, lei? Lo raccolse?».

«No. Mi impressionai troppo e lo lasciai lì. Se lo prese il camion della spazzatura, l'indomani mattina».

Il commissario stava per rimettere quello che aveva mangiato dalla dottoressa Paterna. Si mise una mano sulla bocca, come a voler fermare il vomito. Salutò alla svelta e andò via, seguito dall'agente Fiorenzi che, appena fuori dal retrobottega, rimise pure l'anima, dietro l'angolo di via Argenteria vecchia. Dei colombi, sul marciapiede della pescheria, combattevano col le raffiche di vento infuocato che li sbatteva uno contro l'altro, cercando di mangiare rabbiosamente un pesce andato a male. Per tutto il quartiere, insolitamente silenzioso, si allargò il loro verso cavernoso e lugubre, kutukubabà.

Capitolo Tredicesimo

"E lucevan le stelle, ed olezzava la terra, strideva l'uscio dell'orto, e un passo sfiorava la rena...". La musica di Puccini e la voce di Enrico Caruso, volteggiavano dentro una nube d'afa. Il commissario stava sdraiato sul letto, vicino al balcone aperto su Piazza Magione. Erano le sette di una serata troppo calda, tutta impolverata dalla sabbia gialla, che il vento del deserto portava con sé, da due giorni. Nemmeno quello della Punto rossa, con lo stereo delirante, aveva avuto la forza di sfrecciare tra via Garibaldi e lo Spasimo, per diffondere i comunicati tragici del solito carcerato al quale stava morendo la madre. Nessuna voce di ragazzino, nessun pianto di bimbo, nemmeno una lite tra condomini, nulla. Il vecchio quartiere sottostava al flagello del cielo appannato, stremato, spento. La Tosca progrediva verso la tragedia finale, l'atto terzo si snodava, sempre più vaporoso, attraverso la voce di Caruso, mentre Ignazio Patania, gli occhi chiusi, seguiva l'opera, ripetendo le parole del tenore. Intanto, rifletteva che la musica lo aveva aiutato molto nel superare certe situazioni complicate, incomprensibili, spesso penose. Pensò che, in venticinque anni di lavoro, ne aveva viste di tutti i colori, che aveva avuto modo di studiare l'umana natura, rimanendo spesso, disorientato, avvilito e, qualche volta, perfino scandalizzato; nel tempo, era arrivato alla conclusione che ogni azione umana è conseguente al carattere del quale l'uomo, a volte, rimane vittima. Ognuno vive i sentimenti e i ruoli, a seconda del proprio modo di essere. Una madre, non avrebbe cambiato la propria natura, in virtù del fatto di essere madre..., il commissario aveva conosciuto madri assassine e donne che, da perfette estranee, si erano presa cura di piccoli abbandonati, crescendoli con amore.

«L'amore. Ecco la chiave di volta che sorregge l'arco di una vita ben condotta».

Disse il commissario, parlando, piano, a se stesso.

«Già, l'amore...».

E gli vennero in mente Adele e Viola, ma scacciò subito via dalla mente le due donne, aveva bisogno di tranquillità quella sera, e quelle due splendide creature lo mettevano in un'agitazione che non gli piaceva per niente. Riprese a cantare seguendo la voce di Caruso. Tosca stava per lanciarsi, disperata, da Castel Sant'Angelo, quando squillò il cellulare di servizio.

«Ignazio Patania. Con chi parlo?».

«Col giudice».

Disse Viola.

«Viola, sei tu? Ma cosa vuoi a quest'ora?».

«No, così no..., troppa esultanza! Calmati!».

«Vabbè, non me l'aspettavo, a quest'ora..»

«Ma sono appena le sette e mezza, fuori c'è ancora luce...».

«Sì fuori, aspetta che guardo, sono sul letto, vicino al balcone..., è vero, c'è ancora luce, ma io sono disattivato dentro, sono, come si dice...? Interrotto. Ecco! Ho avuto un pomeriggio indecente, poi ti racconto..., domani!».

«No. Ti voglio vedere stasera. Ti devo parlare. Ho riflettuto a lungo, tutto il pomeriggio, guarda un po'!».

«Su cosa hai riflettuto, è grave?».

«Dipende..., ma non farmi altre domande, prendi una delle tue bottiglie e mettila in freezer, ché io sto arrivando. Ah, senti, porto dei gamberi già pronti, quindi il vino deve essere bianco e...».

«Zitta, Viola, ché di vino mai niente ne hai capito. Tu...! Come quello di oggi, a pranzo..., ma che era? Amaro assenzio, era! M'è venuta una sete sovrumana!».

«Va bene, ricevuto. Passo e chiudo»

La tragedia s'era appena conclusa. Tosca era volata giù da Castel Sant'Angelo, il suo amante, Mario Cavadarossi, era morto poco prima mentre Scarpia era già spirato alla fine del secondo atto, per mano di Tosca. Il commissario si alzò dal letto, ma vi si rimise subito, per via d'un capogiro che gli capovolse la stanza davanti agli occhi.

«Andiamo bene!».

Esclamò ad alta voce.

«Qui diventiamo vecchi, Ignazio..., Madonna mia! Nemmeno in posizione verticale riesco a mettermi, e cosa mi succede? Il gobbo, quello stronzo del La Corte e quella figlia di puttana della sua degna comare, mi hanno steso!».

Dopo qualche minuto, riprovò ad alzarsi, questa volta lo fece lentamente e ci riuscì. Mezzo nudo, com'era, andò a prendere una bottiglia di Sauvignon Blanc e la mise in freezer, come gli aveva ordinato Viola, poi avvicinò la tavola da pranzo al balcone, l'apparecchiò per due, ci mise sopra anche la piantina di basilico, dopo averla foderata con un foglio di carta d'alluminio. Sul marmo del canterano accese una vaschetta di cera profumata al gelsomino. Si guardò intorno e capì che non aveva lavorato per niente: l'effetto era abbastanza gradevole. Decise di andare a mettersi sotto la doccia gelata, perché il sudore gli colava dalle palpebre, fin sugli occhi, facendogli scivolare l'occhiale sul naso, quando Viola suonò al portone di casa. Andò ad aprire e aspettò sulla porta che la donna salisse.

«Viola del mio pensiero!».

L'apostrofò, come al solito.

«Lascia perdere i convenevoli, gaglioffo! Solo volevi rimanere, vero? O aspettavi una fanciulla, così nudo come un verme?».

«Che dici Violetta? Io sono mezzo morto, sono stato davvero male, guarda..., mi sono alzato dal letto e ci sono ricaduto, con un capogiro da paura! Mi credi, sì o no?».

La donna indossava un caftano bianco, in seta, con ricami e specchietti, ai piedi portava un paio di sandali bassi in cuoio, era poco truccata e con i capelli spettinati, come d'abitudine. La dottoressa Paterna andava dal parrucchiere solo per farsi curare i capelli e fare una leggera tintura castana, ma non permetteva che glieli mettessero in piega. Odiava le pieghe e le pettinature perfette. Anche nel vestire era sempre andata per conto proprio. Riteneva che la moda fosse un ottimo business per l'economia italiana, ammirava

227

qualche stilista per il disegno pulito, per l'idea origi-
nale, per la ricercatezza del particolare, ma non le era
mai passato per la testa di lasciarsi condizionare da
alcuna innovazione o tendenza che non le andasse a
genio.

«Guarda come sei bello! E che gambette storte hai! E
come sei sudato! Dai, fila a farti una doccia e mettiti
della roba pulita addosso..., poca roba che c'è caldo,
eh?».

Poi, guardando lo stereo acceso, aggiunse:

«Ascoltavi musica, vero? Allora, metti quel pezzo
che mi manda la testa da un'altra parte, lontano dai
dispiaceri della giornata..., te lo ricordi qual è?».

Il commissario, cercò tra i suoi cd, ne scelse uno, lo
mise su, e si voltò a guardarla, con un'aria furba e
soddisfatta.

«Vediamo se ho indovinato? E se ho indovinato mi
dai un bacetto? Magari dopo essermi ripulito, eh?».

"Affare fatto, dopo la doccia, mi tolgo il debito».

Il flauto di Pan e l'arpa germogliarono un ramo profumato che si allungò dolcemente per tutto lo spazio
intorno, velato, dolcemente roco.

«Gheorghe Zamfir, aria sulla quarta corda, eh? Ci ho indovinato? Che vuoi, il sangue non è acqua!».

Viola gli andò vicino, gli prese il viso tra le mani e lo baciò sulla fronte sudata. Poi, asciugandosi la bocca con le dita, gli chiese cosa avesse voluto dire con quella frase sibillina.

«Che mi hai sempre fatto sangue, volevo dire..., oggi e sempre! Ora mi vado a lavare. Che fai con quei gamberi? Li vuoi tenere ancora nel sacchetto? Forza, giudice, vai a preparare, che io, appena ripulito, sarò al tuo servizio».

Dopo cena, il commissario spense la luce e invitò Viola a mettersi sul letto, vicino a lui. Dal balcone arrivava il riverbero dei lampioni della piazza.

«Ignazio, dobbiamo parlare degli omicidi di via Argenteria vecchia. Ma dobbiamo andare con ordine scrupoloso. Io ho avuto, oggi pomeriggio, delle... diciamo così... intuizioni».

«Va bene, dottoressa, comincia tu...».

«A mezzogiorno del 22 maggio, Adele Papi trova la porta di casa aperta, la radio accesa e un po' di disordine in giro. Noi abbiamo fatto le rilevazioni e sappiamo che nulla è stato rubato. Dunque, per logica, ti dico che l'ultima ragazza che è uscita di casa, Teresa

Manzù, s'è dimenticata di spegnere la radio e di chiudere la porta. La cosa è verosimile. Andiamo avanti. Sempre il 22 maggio, alle nove di mattina, Gioia Jelacq va a trovare la sorella Bella, e la trova morta, stesa supina sul tappeto della stanza da letto, con una macchia di sangue dietro la nuca. Chiama ambulanza e polizia. Il medico legale constata che la donna è morta da circa un'ora: qualcuno l'ha colpita alla nuca con un corpo contundente, la coppa vinta ad un concorso di bellezza, la cui base è in marmo pesante. Il corpo del reato non si trova. Anche in quella casa noi sappiamo che nulla è stato rubato. Ci siamo, giustamente, soffermati sulla inconsueta posizione della vittima, stesa supina sul tappeto con le mani incrociate sul petto. Ora, se uno viene colpito sulla nuca, pesantemente, perde l'equilibrio e, probabilmente, con la spinta in avanti che ha ricevuto, cade a faccia in giù..., è verosimile?».

«Diciamo di sì..., anche se non ne possiamo essere sicuri. Ma questo particolare è quasi ininfluente. Continua che poi ti dico il perché».

Il commissario si infastidì molto, per aver ripetuto le parole di Gabriella Settimo, riguardo al fatto della caduta in avanti o all'indietro, della vittima. Quella grassa statua di marmo che non sudava nemmeno con quello scirocco infernale, non riusciva a togliersela dalla testa.

«A meno che...».

Continuò la Paterna.

«a meno che, chi l'ha uccisa abbia poi rimosso il cadavere da terra per fargli cambiare posizione. E io ti dico che non è andata così, perché non ci sono tracce di sangue che ce lo possano far credere. Il sangue della vittima era tutto raccolto a chiazza, dietro la nuca. Quindi, secondo me, la prostituta non è morta per il colpo sulla nuca: a te cosa ha detto il medico legale? Penso che abbia già fatto l'autopsia, no? Ne sai niente?».

«Infatti, mi ha chiamato qualche minuto dopo essere andato via da casa tua..., lui afferma che Bella Jelacq sia morta per infarto del miocardio».

«Bravo il medico legale e brava io!».

«E io niente?»

«Ci avevi pensato tu?».

«Sì, ma ti ripeto, che se la Jelacq è morta per infarto, poco importa come sia caduta..., all'indietro o davanti... che cambia?».

«E va bene. Ma andiamo avanti..., restano le mani incrociate sul petto, ad evidenziare il contrario di quello che, in realtà, la vittima fosse stata in vita.

Non una pia donna ma una prostituta. E, allora, io ti dico che, secondo me, questo mettere le mani incrociate sul petto, è frutto di un ragionamento tutto femminile. Un uomo se ne frega di mettere in risalto certe cose. Io credo che a scagliare la coppa sulla nuca sia stata una donna. E credo anche...».

Aggiunse la dottoressa Paterna, accendendo una sigaretta dal sigaro del commissario.

«Credo anche che questa donna, abbia spaventato a morte Bella Jelacq, non con una lite furiosa, ma con delle parole pericolose, delle minacce..., insomma, qualcosa che la abbia terrorizzata al punto da farle venire un colpo. Sicuramente è stato un attimo. Prima che la prostituta cadesse a terra, l'assassina le ha scagliato addosso la coppa, e la Jelacq, che stava già cadendo all'indietro per l'infarto sopravvenuto improvvisamente, s'è pure, diciamo così..., beccata, la coppa sulla nuca. In seguito, l'assassina, per arrecarle vituperio, le incrociò le braccia sul petto. La cosa è verosimile».

«Senza dubbio, è verosimile..., e, prima che t'inoltri nell'altro omicidio, quello di Marzia Bonafede, ti dico subito che il medico legale mi ha anche riferito che sia la ragazza che la prostituta, non avevano avuto rapporti fisici, né consenzienti né forzati, da almeno due giorni».

«Quindi escludiamo il movente passionale o sessuale, in genere».

«Appunto».

«Ma veniamo a Marzia Bonafede. Viene trovata morta annegata dentro la vasca da bagno dalla sua coinquilina Teresa Manzù, alle tre del pomeriggio. La Manzù era tornata a casa dalla facoltà, perché aveva dimenticato un libro. Il corpo, a detta del medico legale, non presentava segni di colluttazione, niente, neppure una ecchimosi o un graffio..., e la morte risaliva ad appena mezzora prima».

«Infatti..., morte per insufficienza cardiorespiratoria, ha scritto sul referto, il dottor Alfredo Ragusa. Lui è sicuro che Marzia sia svenuta mentre si trovava nella vasca da bagno e che sia annegata per questo motivo. Tra l'altro, prima Adele e poi Teresa Manzù, mi hanno detto che la poveretta soffriva di una forma di anemia non bene specificata..., insomma, a volte, le succedeva di svenire».

«Capisco, ma ciò non toglie che possa essere stata terrorizzata da qualche cosa, da qualcuno, che non abbia retto all'emozione e sia svenuta. Vedi, Ignazio, se non ci fosse stato, il giorno prima, l'omicidio della prostituta, nello stesso palazzo della Bonafede, al terzo piano..., beh, allora, credo che per la Bonafede, l'idea di una morte violenta, non sarebbe stata presa in considerazione. Ma due morti sospette, in due giorni, in uno stabile con solo tre appartamenti, del quale uno, quello del primo piano, è disabitato da almeno dieci anni..., insomma, è qualcosa che non succede tutti i giorni!».

«Grazie a Dio!».

Esclamò il Patania, restando indeciso se anche quell'affermazione non necessitasse di uno scongiuro personale.

«Io credo, caro commissario, che tra i due, diciamo... delitti, ci sia un filo conduttore, penso che l'assassino sia la stessa persona, qualcuno che abbia avuto rapporti pericolosi con le due vittime e che, in conseguenza di tali rapporti, avesse in mano un'arma bianca per terrorizzarle, quando e come avesse voluto».

«Una donna, dici? Pensi alla Teresa Manzù? Come ti ho detto oggi, anche io ho qualche sospetto, tanto che le ho messo alle costole l'agente Cosimo Laganà. Però, non so come dirti, Viola..., se davvero fosse lei, sarebbe, che ne so? Troppo scontato! Una che ha 23.000 euro di debiti solo con una persona, lo strozzino Rosario La Corte, e chissà a quanti altri deve restituire denaro..., una sola al mondo, squinternata per giunta, nevrastenica, e col vizio del gioco..., sì, è meritevole, diciamo così, di essere sospettata, ma cosa avrebbe avuto in mano, di tanto terribile, da spaventare tanto le due donne?».

«Questo non lo possiamo sapere, dobbiamo lavorarci sopra. Magari la Manzù aveva contratto debiti anche con Bella Jelacq e, non potendo restituire il denaro..., oppure il La Corte l'ha ricattata. Mettiamo che Rosario La Corte avesse avuto motivo per far fuori Bella Jelacq, ma, non volendo sporcarsi le mani personalmente, avesse mandato la Manzù a eseguire il lavoro, insomma, una che deve restituire 23.000 euro ad un usuraio è potenzialmente ricattabile».

«Ma non abbiamo detto che Bella Jelacq ha avuto l'infarto perché, presumibilmente, qualcuno l'ha spaventata a morte, minacciandola? E, ripeto, che carte in mano avrebbe potuto avere la Manzù, per terrorizzare la Jelacq?».

«Il motivo valido per spaventare la vittima glielo avrebbe potuto fornire l'usuraio stesso. Sicuramente non poteva immaginare che sarebbe morta d'infarto..., per cui spaventarla sarebbe stata la prima parte dell'opera. In seguito, la Manzù l'avrebbe fatta fuori... con un colpo alla testa o in qualsiasi altro modo...».

«Potrebbe essere andata così?».

«Questo non lo sappiamo, ma la Manzù, sia per il vizio del gioco che per non avere alibi, resta una potenziale colpevole»

«In linea di massima sono d'accordo con te. Io ho parlato con lei, e non ne è venuto fuori un bel quadro».

«Ma come? Senza dirmi nulla? E quando?».

«Per puro caso..., ieri, mentre mi recavo sul luogo del delitto, con Machì, lo conosci..., un agente della scientifica, che mi aveva chiesto il permesso di tornare a casa della Bonafede, perché voleva rifare una foto che era venuta sfocata, ho incontrato la Manzù...».

Probabilmente cercava lo strozzino La Corte, che abita il retrobottega di fronte la casa dei delitti».i

Il commissario restò nauseato, nel sorprendersi ad usare, ancora una volta, le parole di Gabriella Settimo.

«Insomma..., era lì che parlava con delle persone. Vedendomi, mi si avvicinò e mi parlò del guaio di non sapere dove andare ad abitare, visto che casa sua era stata sequestrata dalla polizia, e che lei non aveva denaro, e via discorrendo. Per quello che mi riguarda, la ragazza ha un equilibrio psicologico molto fragile, ho l'impressione, così, ad occhio e croce, che soffra di anoressia..., è spaventosamente magra, scarnita, direi. Io, una così, non ce la vedo detentrice di grandi segreti».

Disse il commissario, sovrappensiero.

«Non mi sembra il tipo che possa terrorizzare qualcuno..., piuttosto, direi che lei stessa sia terrorizzata, e tanto anche! Io l'assassina la vedo come una donna di potere, ambigua, contorta..., ecco, a proposito di donna di potere..,. adesso ti racconto una cosa».

Il Patania mise al corrente la donna di quanto appurato dal vecchio gobbo della Vucciria. Le disse anche che, prima, il vecchio aveva parlato con Adele, tirando in ballo la contessa. Viola, non dimenticare che, per domani, mi servono le due autorizzazioni che ti ho chiesto. E anche quella per la perizia psichiatrica della Manzù.

«Sai bene che, per autorizzare quello che mi chiedi, debbono esserci indizi di reità nei riguardi di queste persone..., per la contessa, soprattutto. Che indizi di reità abbiamo? Il gobbo ti ha mandato a farti fottere, quando gli hai chiesto di deporre..., come possiamo far apparire la Settimo un'indagata?».

«C'è un sottile filo conduttore tra la contessa e le due sorelle Jelacq..., parla del gobbo col tuo capo, Viola, convincilo che ha detto la verità ma che non deporrà mai ufficialmente nemmeno sotto tortura..., vedi tu. È indispensabile perquisire la villa di Mondello, ti dico».

«Ignazio, noi abbiamo tra le mani soltanto parole. Adesso sappiamo che le due sorelle Jelacq si odiavano e che la contessa Settimo-Papi le conosceva. Sempre che il gobbo non stesse delirando per il troppo vino e per il caldo infernale. Ma, ammesso che io ci creda, mi chiedo cosa avesse da spartire la contessa con due donne di quel tipo, Bella, una prostituta e Gioia, una casalinga di basso profilo. E un'altra domanda che mi faccio è questa: perché la contessa non ha mai detto alla figlia di conoscere le due donne? E, se invece lo ha detto, perché Adele ce lo nasconde?».

Viola si alzò dal letto pensierosa.

«Parlane con lei, Ignazio, domani».

Rise accarezzandolo sul petto.

«Spero di consegnarti le autorizzazioni che mi hai chiesto, anche se per la perquisizione della villa di Mondello credo che non potrò aiutarti!»

Si erano fatte le nove. Ignazio Patania si sentiva stanco, sfinito dal caldo e da quella giornata penosa, non per via del proprio lavoro, che svolgeva con passione, ma per la gente che aveva incontrato, per quella topaia fetida dove era stato, per il cagnolino dato alle fiamme e lasciato tra le immondizie, per il vecchio gobbo che non voleva deporre; così chiese alla dottoressa Patania cosa avesse intenzione di fare, se avesse voluto andar via o restare a dormire con lui.

«Resto a dormire con te…».

Disse Viola, come se fosse stata la cosa più naturale che potesse rispondere, infatti da quando avevano chiuso la loro storia, lei aveva dormito spesso col suo ex compagno, soprattutto quando si sentiva sola, nel suo spazio recintato di Via Siracusa.

«Bene, Violetta, allora vieni qui vicino a me, e chiudi gli occhi. Io sto quasi dormendo. Speriamo che domani rinfreschi l'aria e anche la nostra mente».

La baciò sui capelli e si apprestò a dormire. Dal vicino giardino di palazzo Jung, il denso frinire delle cicale si spalmava su tutto il quartiere, sovrastato dal verso agitato del cuculo, che gridava nervoso, in quella terza notte di maledetto giallo shurhùq.

Capitolo Quattordicesimo

Era il terzo giorno di shurhùq, il terzo giorno dall'inizio degli omicidi della Vucciria. Camminando a piedi sul lungomare d'Aspra, una paesino, a tredici chilometri da Palermo, il commissario Patania si chiedeva se davvero ci fosse un legame tra quelli che, alla luce delle rivelazioni del medico legale, lui chiamava non più omicidi ma "morti misteriose".

«In fondo, chi mi dice che siano davvero omicidi?».

Rifletteva l'uomo.

«Se per Bella Jelacq potrei, ancora, volendo, osare la parola "omicidio"..., per la Bonafede come faccio ad affermare che qualcuno l'abbia uccisa?».

Quella mattina, il commissario si era alzato alle cinque, aveva guardato Viola dormigli accanto, bella e desiderabile come al solito, poi aveva girato lo sguardo oltre il balcone aperto e le si era spenta ogni velleità di potersi intrattenere con la donna, fino a tardi. Il cielo, ancora congestionato come la sera prima, gli fece cadere le braccia. Un'altra giornata di calura opprimente si stava sollevando dal giaciglio infuocato e iniziava a crescere smisuratamente sollevandosi in tutta la sua gigantesca mole, simile ad una

241

mostruosa creatura floscia, umida, dalle carni dipinte di giallo sporco, dagli occhi di cenere arroventata. Dalla bocca immensa, aperta sulla città, usciva il suo fiato corrosivo che stremava, sfiniva e uccideva. Balzò fuori dal letto col cuore che gli saltava dentro la gola. Non gli succedeva quasi mai, ma, vedendo quello spettacolo dal balcone, si sentì realmente minacciato, si incupì perché impotente..., cosa avrebbe potuto fare, quel giovedì 25 maggio, per combattere l'infido shurhùq? Non avrebbe potuto far nulla, si rispose, avrebbe soltanto potuto soccombere. Così, snervato e fiacco, già di prima mattina, andò a mettersi sotto il getto freddo della doccia. Ne uscì fuori dopo un quarto d'ora. Si vestì, baciò leggermente Viola sulla fronte e si diresse ad Aspra, uno dei luoghi della sua memoria, uno dei suoi preferiti, dove si rifugiava quando stava davvero male. Sull'insenatura del piccolo porto, le barche stavano tutte a riva, alcune a pancia in giù, altre rincantucciate e impaurite, nell'abbandono e nell'oblio, di tre giorni d'inferno. Un peschereccio, ancorato al molo, si agitava come un pazzo sui fianchi, dove sbattevano alte onde in delirio, in preda alle convulsioni del mare. Lo scirocco e il libeccio, arrivato all'alba, vi si scontravano, con una violenza inaudita, alzavano polveroni di sabbia gialla profumata di zolfo, fin sopra le cabine di legno, già approntate per l'estate imminente. Stormi di gabbiani, oltre il promontorio di Mongerbino, si lan-

ciavano dalle falesie a picco sul mare; altri camminavano sulla spiaggia, con l'andatura incerta e zoppi-
cante, in cerca di cibo. Un telone grigio separava il
mare d'Aspra da quello che correva verso la costa Palermitana. Il promontorio del Pellegrino, s'indovina
appena, immerso nella caligine di un'alba che con-
fondeva angeli e demoni, montagne e mare, giardini
e navi e scogli e cielo. Le isole non esistevano più.
Eolie, Egadi, Pelagie, Pantelleria, Ustica: tutte inghiottite dal fumo grigio che si alzava dalle onde
rabbiose. I collegamenti erano stati sospesi da tre
giorni per mare in burrasca e vento a raffiche. Ignazio Patania entrò nel piccolo bar del porto, ordinò un
caffè. Non aveva fatto colazione e non aveva voglia
di mangiare. Due pescatori parlavano dei danni cau-
sati dallo scirocco. C'erano stati due morti, uno in
provincia di Messina, colpito da un palo elettrico,
caduto per il vento. L'altra, una donna, era stata
stroncata a Palermo, a causa del caldo africano. Uscì
dal bar, si guardò intorno, non decidendosi sul da fare. Erano le otto del mattino. Il suo pensiero corse alle incombenze da assolvere, non c'era shurhùq che
potesse impedirgli di lavorare. Un'idea un po' stramba gli metteva addosso la premura di risolvere il caso
di via Argenteria vecchia: aveva finito col credere
che, una volta sciolto l'enigma, sarebbe arrivata la
pioggia ristoratrice. Salì sulla moto e si diresse velocemente in tribunale, dove la dottoressa Paterna gli

avrebbe dato le autorizzazioni richieste. Quel giorno stesso, avrebbe perquisito la villa di Valentina Settimo, a Mondello, e il retrobottega di Rosario La Corte, al mercato della Vucciria. Poi, avrebbe fissato un appuntamento col dottor Randisi, per la perizia psichiatrica relativa a Teresa Manzù. Alle porte di Palermo trovò il traffico caotico della mattina che lo costrinse ad andare a passo d'uomo, nonostante cercasse di saettare tra le auto bloccate negli ingorghi. In tribunale arrivò alle nove. Viola Paterna lo aspettava nel suo ufficio, dove il giudice La Masa, si soffiava con un ventaglio da donna, nonostante il condizionatore acceso.

«Mi vuol dire perché vorrebbe perquisire la villa della contessa Settimo?».

Lo apostrofò, ancor prima di rispondere al suo saluto.

«Non gliel'ha spiegato la dottoressa Paterna?».

«E allora? Che vuol dire, ammesso che me l'abbia spiegato? Io lo chiedo a lei, adesso, mi risponda!».

«Abbiamo seri motivi di pensare che la..., diciamo così, contessa, c'entri in qualche modo, anche di striscio... attenzione! Con gli omicidi di via Argenteria vecchia, dunque...».

«Ma quali omicidi, commissario Patania? Ma l'ha sentito il medico legale o no? Al mercato sono morte due donne di morte subitanea, la morte dei Santi, quella che uno non si accorge nemmeno di morire...».

«Non direi, proprio».

Azzardò il commissario, al quale era già salita la mosca al naso per le affermazioni gratuite e interessate del giudice La Masa.

«Me la chiama una morte dei Santi, lei, annegare in una vasca da bagno?».

«Ma quella Marzia Bonafede, aveva perso i sensi..., ecco perché è annegata! Ora, se lei dovesse svenire e, quindi, annegare, mentre sta facendo il bagno, caro Patania, che dice, eh? Se ne accorgerebbe che sta morendo?».

Il commissario scelse tra gli scongiuri conosciuti il più efficace, e lo fece con calma, fregandosene di quello che avrebbero potuto pensare la dottoressa Paterna e il giudice La Masa.

«E Bella Jelacq?».

Disse, a denti stretti, sibilando inviperito.

«Che mi dice della Jelacq? Anche quella ha fatto la morte dei Santi?».

«Sissignore, anche quella! La prostituta Jelacq è morta per il cuore malandato che aveva. Arresto cardiaco fulminante, si chiama..., di quelli che non ti danno nemmeno il tempo di dire "Gesummaria", ci potessi morire io in quel modo lì!».

«Speriamo!».

Disse il Patania.

«Che fa, sfotte? piuttosto stia attento a non pestare i piedi a chi non merita di averli pestati! La contessa Settimo-Papi è una pia donna, tutta dedita alla beneficenza e all'unica figlia, l'architetto Adele Papi, quarantenne, una perla di ragazza!».

«E proprio quella ragazza mi ha confessato le stranezze della madre che, mi perdoni signor giudice, non è affatto vero che si prenda tutta questa cura per la figlia, anzi..., e poi c'è da considerare quanto mi ha confidato il gobbo della Vucciria, gliene ha parlato la dottoressa Paterna, si o no?».

«Aspetti, aspetti..., come corre».

Lo interruppe il giudice, soffiandosi più forte col ventaglio da donna.

«Per quanto attiene la figlia della contessa...,i ragazzi d'oggi si sa come sono..., si sentono tutti trattati male dai genitori! Per quanto attiene il gobbo della Vucciria..., ma che mi deve far ridere di prima mattina, commissario? Sono balle, discorsi da caffè..., lei li prende troppo sul serio! E poi, tagliamo la testa al toro: il gobbo non deporrà mai!».

«Giudice, una cosa è sicura, e lo possono testimoniare sia la figlia che la nipote delle contessa: la Settimo-Papi organizza sedute spiritiche e, forse, appartiene ad una setta di quelle che praticano strane cerimonie...».

«Che vuol dire? Che appartiene ad una setta satanica? Ma che uscì pazzo, commissario?».

«Non dico sette sataniche, non credo, almeno, che la contessa si sia spinta fino a questo punto..., ma che la benemerita contessa pratichi strane cerimonie... sì, di questo ne sono quasi certo. E le dico di più: le pratica da decenni, tanto che la figlia Adele, vivendo in quell'atmosfera surreale, ha finito col credere ai fenomeni paranormali, uscendone fuori angosciata, ammalata di nervi. Tra l'altro, ho saputo che anche la prima vittima, Bella Jelacq, si interessava di questa roba spiritica. Lo ha detto Rosario La Corte e la sorella della vittima, ha confermato. Questo è nero su bianco. Sarà un caso? forse si e forse no. La contessa potrebbe anche avere avuto contatti con le sorelle Jelacq, e, a detta del gobbo, ce li ha avuti. Insomma, la dottoressa Paterna l'avrà messo al corrente dei miei sospetti, degli altri indizi che mi portano a pensare che la contessa possa entrare in questa storia. Che mi dice ora, signor giudice?».

«Le dico che lei sta pigliando una bella cantonata, sospettando la contessa per quello che è successo alla Vucciria. Poi, per le doti medianiche della Settimo-Papi, tanto di cappello! Anche io sono a conoscenza delle qualità spirituali di questa grande signora, e sono a conoscenza anche della sue eccelse virtù, della sua incorruttibilità, della sua morigeratezza».

«Ah, andiamo bene!».

Esclamò, allibito, il commissario.

«Non mi venga a dire, adesso, che anche lei, giudice, crede a queste fesserie..., non me lo dica, eh?».

«Sì, glielo dico e glielo sottoscrivo. E non le chiami "fesserie"! Uomini come Cesare Lombroso, Yung, Dante, il sommo poeta..., ci credevano e operavano in tal senso. Che vuole fare, ora? vuole dire che quei grandi uomini erano dei fessi?».

«Giudice La Masa...».

Il commissario si mise quasi ad urlare.

«iIo sono un agnostico, vale a dire che sono indifferente a ogni tipo di problemi religiosi, ma che vuole
trascinarmi, stamattina, in una dissertazione sul paranormale? Io me ne frego di queste cose qui, ha capito, si o no? Io ho raccolto delle informazioni sul conto della Settimo, e ho bisogno di controllare la villa
di Mondello. Lei non può ostacolare l'indagine, altrimenti vado dai giornalisti e faccio pubblicare un
bel papello che non finisce più. Anche in televisione
vado, se lei si mette di mezzo! E si ricordi che molti
amici suoi e della contessa, sono, al momento, in
piena campagna elettorale!».

Detto questo, rimase senza fiato, sudato e livido in
faccia, come mai era stato.

«Dottoressa Paterna, tra dieci minuti, vengo a ritirare
i permessi. Tre per-mes-si».

Sillabò, rivolto al giudice La Masa, che era rimasto
rimminchionito sulla sedia e nemmeno si soffiava
più col ventaglio da donna.

«Ora vi saluto!»

Concluse. E andò via sbattendo la porta alle sue spalle. Dopo dieci minuti, che il Patania aveva impiegato
per darsi una calmata, entrò nell'ufficio della dottoressa Viola, che trovò da sola, seduta sulla sua pol-

troncina girevole, le gambe distese sulla scrivania e un bel sorriso sulle labbra.

«Eccoti i permessi, Serpico! Ti dico subito che l'unica cosa che ha funzionato sul La Masa, è stata la campagna elettorale e la minaccia di andare dai giornalisti a spifferare tutto! Ora ti auguro buona fortuna, perché ne hai bisogno...».

«Va bene, Viola, ma non è detto che entro stasera, io non vada dai giornalisti. Non sopporto le contesse, gli ectoplasmi e i giudici che fanno politica..., soprattutto quando c'è lo scirocco!».

Il pm, si alzò, prese la borsa e disse con una voce che non ammetteva repliche.

«I ragazzi che verranno con noi, li ho già avvertiti e a quest'ora saranno già sul posto, davanti la villa di Mondello, voglio dire..., cosa aspettiamo?».

«Ma come? Aspetta, aspetta..., a chi hai detto di venire con me..., cioè, con noi?».

«A chi lo avresti detto tu».

Rise, poi gli assestò una leggera gomitata sul petto.

«Dai, andiamo, che si fa tardi!».

«Agli ordini, tanto capisco che non ho diritto di replica, andiamo!».

Uscirono dal tribunale alle dieci, tra raffiche di vento torrido. I colombi della piazza se ne stavano rintanati sotto le macchine in sosta, stremati dalla caldo.

Capitolo Quindicesimo

La dottoressa Patera si mise alla guida della sua Land Rover blu, acquistata il precedente Natale. Per acquistare quell'auto, era rimasta quasi al verde ma, a suo avviso, ne era valsa la pena, dato che il tempo libero, lo passava a visitare i castelli siciliani, dai più noti a quelli quasi ignorati dai turisti, sia per le strade impervie da percorrere per raggiungerli, sia perché mezzo diroccati, dimora stabile di barbagianni, corvi, picchi muraioli e piccioni di roccia. Su quei dirupi le era successo di scorgere qualche falcone pellegrino, librarsi in alto, volteggiare sinuoso, curvare spericolato, per poi lanciarsi in azzardate discese libere. Quelle escursioni le faceva da sola, così aveva imparato a sostituire le gomme bucate, a mettere le catene, a memorizzare il numero del soccorso stradale, insomma, aveva provveduto a rendersi abbastanza autonoma ed efficiente. Sicuramente sarebbe stata felice di condividere quella passione con un uomo, ma la vita aveva deciso diversamente. Quell'auto la ripagava anche di questa delusione, almeno in piccola parte. Certo, anche a cinquant'anni, anche col suo carattere fermo e stabile di magistrato dei poveri, a Viola succedeva di piangere. Piangeva per se stessa e per gli altri, per tutta quella gente che restava senza voce in una città che, spesso, gridava o rideva troppo forte,

253

senza un vero motivo. Quei pianti erano sempre rimasti segreti. Aveva sempre detestato essere compatita, sentirsi ripetere "tu sei sola", o " meno male che lavori, così ti svaghi". La banalità degradata del marcio buonismo l'aveva sempre fatta andare in bestia: erano quelli i momenti in cui aveva mandato a farsi fottere la gente. Arrivarono a Mondello alle dieci e trenta; i tre poliziotti scelti dalla dottoressa Patania, appena videro accostare la macchina davanti al marciapiede di Villa Papi, scesero dalla volante per salutare e riferire che, negli ultimi cinque minuti, erano entrati in villa dei personaggi in maschera.

«Come, in maschera?».

Chiese il commissario.

«Erano travestiti o proprio mascherati da carnevale?».

L'agente Finizio disse che non avevano capito bene, perché quei tipi erano scesi svelti da una Polo bianca, della quale lui stesso aveva preso la targa, e, velocemente, erano entrati in villa, senza nemmeno bussare.».

«Segno che li aspettavano e aveva già aperto il cancello».

aggiunse il Fiorenzi, sempre col suo computer tra le braccia. Il commissario gli chiese perché lo avesse portato, visto che andavano a fare una perquisizione, e lui rispose che sarebbe potuto servire.

«E avete notato chi era alla guida della Polo?».

Chiese la dottoressa Paterna.

«Sì».

Rispose sempre il Fiorenzi.

«Era una donna bionda, abbastanza giovane con un occhiale da sole nero».

Il commissario si avvicinò per primo al cancello, cercò il campanello, ma si accorse che avevano lasciato aperto, forse per la premura di entrare senza essere notati. Fece segno agli altri di seguirlo, senza fare rumore. Percorso il breve vialetto d'accesso, notarono che dalla bussola a vetri che dava sul salone, arrivavano leggeri lamenti, e delle luci di candele accese. Incuriositi, sbirciarono dentro la sala. Attorno ad un tavolo rotondo, si stava svolgendo una seduta spiritica; i partecipanti erano tutti vestiti con abiti di foggia antica, portavano parrucche e una di loro, una donna, si contorceva sulla sedia, gemendo. Da quella postazione non si riusciva a capire bene cosa stessero dicendo. Ad un tratto, quella che doveva essere la medium, lanciò un urlo spaventoso:

«No, Marzia, non ti permetteremo mai di entrare qui! che tu sia dannata nei secoli dei secoli!».

«Ecco, ci siamo».

Sussurrò il commissario all'agente Finizio che gli stava più vicino degli altri.

«Entriamo».

Spinsero la bussola a vetri, penetrando sulla sala, dove un forte profumo d'incenso e di cera sciolta, rendeva l'aria irrespirabile. I partecipanti alla seduta spiritica rimasero per un attimo disorientati, poi uno di loro, un tipo con la parrucca bianca che finiva in un lungo codino sulle spalle, si alzò dicendo minacciosamente:

«Chiunque voi siate, sappiate che avete commesso un grande errore a entrare nella dimora privata di una eccellente cittadina, come la contessa Settimo-Papi».

Si avvicinò ad un tavolino dove c'era il telefono e fece un numero.

«Sto chiamando la polizia, peggio per voi!».

«Non si disturbi, eccola qui la polizia!».

Esclamò il commissario, e gli mostrò il mandato di perquisizione. Il tipo in parrucca bianca lo lesse e restò basito, le braccia lungo i fianchi, lo sguardo stralunato.

«Ma cosa siete venuti a cercare qui? Ammesso che siete veramente della polizia, ammesso che quel mandato sia autentico. Io, intanto, devo telefonare alla signora contessa, dopo di che, se ne parlerà di perquisire o no!».

Posò il telefono di casa e prese il cellulare dalla tasca della giacca settecentesca in seta damascata.

«Signora, c'è qui la polizia...».

Disse, poi rimase almeno cinque minuti in silenzio ad ascoltare. Chiusa la comunicazione si girò verso le persone in maschera, che erano rimaste sedute attorno al tavolo, dicendo loro di andare via.

«Non prima di aver fornito le loro generalità e di aver risposto a qualche domanda».

Disse il commissario. Tre di loro si alzarono. Rimase seduta soltanto la donna, la medium.

«Ah, signora...».

Fece il Patania.

«Se la potrebbe togliere quella maschera dorata dagli occhi?».

La donna fece finta di non sentire.

«Dico a lei, signora..., quando ero fuori, in giardino, ho sentito che urlava qualcosa contro una certa Marzia..., le diceva che non sarebbe dovuta entrare qui e, poi, la malediceva per l'eternità... Chi è questa Marzia? La signorina Bonafede?».

«Commissario...».

Disse uno dei tre, con una voce aspra e volgare, che rassomigliava troppo alla voce dello strozzino La Corte.

«Lei non ci può chiedere niente... ha capito? Nemmeno il nostro nome e cognome!».

«Va bene, provi lei a non dare le sue generalità e poi... ».

L'uomo mascherato da cicisbeo settecentesco, cambiò subito tono e maniere.

«Ma non mi riconosce, signor commissario? Sono Rosario La Corte. Perché mi trovo qui? Per amicizia e per svagarmi un po'. Non uscivo da un secolo, sempre a letto. Che mi può restare da vivere? Eh, me lo dica lei, signor commissario..., questi signori sono tutte persone per bene, spirituali, gentili e onesti. Ci riuniamo per parlare con i nostri morti, per ricevere conforto. Anche lei, quella signora con la tunica nera e la mascherina dorata sugli occhi, lo sa chi è? Indovini un po', signor commissario..., è la signora Gioia Jelacq, la mia amica, la sorella di Bella, buonanima!».

«Ma bravi, bravi! Dunque, la signora conosceva Marzia Bonafede, e poco fa la mandava al diavolo, da morta! E lei, signor La Corte, sapeva certamente che una delle coinquiline di Marzia Bonafede si chiama Adele Papi, ed è l'unica figlia della contessa Papi, proprietaria di questa villa!».

«E chi me lo doveva dire, commissario?».

«Dunque, lei si trova in questa villa, e non sa chi è la proprietaria?».

Chiese, spazientita, la dottoressa Paterna.

«Noi ci vediamo sempre mascherati...».

Spiegò il La Corte, rivolgendosi al commissario come se la Paterna fosse stata invisibile.

«La Corte, tanto stupido le sembro?».

«Mi deve credere, signor commissario, è la legge del nostro gruppo spirituale. Nessuno conosce nessuno, né il nome, né la faccia: niente. Ma chi è questa contessa? Ce ne faccia andare via, per favore, o mi deve venire un infarto?».

Da dietro una porta chiusa si sentì il guaire di un cane.

«Cos'è?».

Chiese il commissario.

«Niente, è il cane di casa».

Precisò l'uomo con la parrucca bianca

«Lo abbiamo chiuso per non disturbare la seduta».

Viola Paterna, scura in volto, con un tono di voce che sfoderava nei momenti in cui qualcuno provava a prenderla per i fondelli, intimò alla combriccola di togliere subito le maschere dal volto e di sedere, tutti e cinque, vicino alla bussola a vetri. L'ultima ad eseguire l'ordine della Paterna fu la medium, che si lasciò cadere tragicamente sulla sedia che un agente le aveva indicato. Il Pm, visibilmente soddisfatta, fece segno al Fiorenzi, di prendere nota dell'interrogatorio. Uno ad uno i cinque si tolsero la maschera dal volto e cominciarono a dare le proprie generalità. Il commissario riconobbe il La Corte e Gioia Jelacq, mentre la Paterna individuò nella medium la sorella della prostituta, avendola incontrata sul luogo del delitto, il giorno dell'omicidio. Gli altri risultarono essere Luca Rinaldi, il giardiniere della villa, Lorella Bondì, la governante, Filippo Mangano, ginecologo à la page e politico tra i più noti in città, candidato alle elezioni. Mentre il magistrato cercava di saperne di più, da quel gruppo di esaltati, forse anche criminali, il commissario era andato con due dei suoi agenti, a perquisire la villa. Tornò dopo un'ora, con un registro nero sotto il braccio. Disse ai cinque che sarebbero potuti andare o rimanere, tanto a lui non gliene fregava nulla, e si avviò alla macchina della Paterna, seguito dagli agenti che, appena fuori, gli chiesero subito cosa fosse quel registro che il Finizio aveva trovato dentro il cassetto segreto di un chiffonier vittoriano in mogano lucido, nella stanza da letto della contessa.

«Finizio, Finizio, ora te lo devo dire?».

L'agente Pino Finizio, era un ottimo poliziotto, amico sincero del commissario da almeno quindici anni. In virtù di questa sorta di confidenza si permise di insistere un po'.

«E vabbè..., ti dico soltanto che su questo registro ci sono delle date, relative, forse, a delle cerimonie spiritiche, sedute e altro ancora. Accanto a qualcuna di queste date, c'è una croce nera. Ma come ti ho detto, è presto per parlarne. Quando io e la dottoressa lo

avremo analizzato bene, ti farò sapere di che si tratta.
Ti saluto, Finizio».

Il commissario salì sulla Land Rover blu della Paterna, che mise in moto e partì, sgommando, tanto per sfogare un po' della rabbia accumulata, interrogando quei cinque arroganti esaltati.

Capitolo Sedicesimo

«Ma dove andiamo, Viola?».

Ignazio Patania stava accendendo un sigaro, era sconcertato, pensieroso, quel registro nero sulle gambe gli pesava come un macigno, e un altro macigno lo avvertiva sul petto, qualcosa che lo faceva respirare a fatica, che gli frantumava i pensieri, riducendoli in una poltiglia inservibile. Non riusciva a capire il senso degli avvenimenti di quella mattina, quella scena pazzesca della seduta spiritica, quella gente che correva dietro le anime dei morti.

«Commissario, ti porto in un posto che ci aiuterà a riflettere su quello cui abbiamo assistito a villa Papi. D'altra parte, cosa andremmo a fare, proprio adesso, al retrobottega del La Corte? Ammesso che sia già arrivato a casa, ormai sa che potremmo andare da lui in qualsiasi momento, con regolare mandato di perquisizione, dunque provvederà a far sparire tutto ciò che potrebbe comprometterlo, ti pare?».

«In effetti, sì, hai ragione. Comunque, voglio andare lo stesso».

263

«E va bene, andremo. Ma adesso mi sembra più ragionevole riflettere su quanto abbiamo visto e appreso alla villa».

«E perché stai prendendo l'autostrada?».

«Andiamo a Cefalù».

«A fare?».

Viola Paterna accese una sigaretta e rimase in silenzio per qualche minuto, prima di rispondere.

«Andiamo a fare una chiacchierata con Valentina Settimo. Conosco qualcuno che mi può dare una dritta sul posto dei ritiri spirituali».

«Quando hai conosciuto questa persona?».

«Ai tempi che furono! Questo qualcuno potrebbe aiutarci, parlarci della contessa o, addirittura, condurci da lei..., sempre che sia realmente lì, come ha detto in giro. Tu che ne pensi?».

«Se sia al ritiro, dici? Mah! È possibile, così ha detto a tutti! Sarebbe dovuta andare con un'amica, una strana donna che stava a Palermo, in via Belmonte, mentre la contessa era in giro a fare gli ultimi acquisti, prima della partenza».

Accorgendosi che Viola lo sbirciava, incuriosita, aggiunse:

«Me lo ha detto Adele. Mi ha anche confessato di aver paura a stare a casa, con quella tizia che le metteva inquietudine...».

«E tu cosa hai fatto per rassicurarla?».

«Io?».

«Sì, tu».

«L'ho portata al sicuro, da Rashida, all'Albergheria. Starà lì, finché non si riesce a venir fuori da questo maledetto intrigo di omicidi e streghe!».

«Streghe, poi! Non esageriamo..., insomma, ti sta simpatica questa Adele, no?».

«Sì, molto simpatica. Ma lo avrei fatto per chiunque si fosse trovato al posto suo».

«Mi hai sempre tenuto al corrente di ogni cosa, da quando è iniziata questa storia, ma non mi avevi detto di aver messo in salvo la fanciulla, perché?».

«Come tu dici, ti ho sempre tenuta al corrente di tutto, anche del fatto che Adele ha due super alibi, per tutti e due i crimini di via Argenteria vecchia. La cosa più saggia era toglierla da ogni possibile pericolo.

Hai visto, no, com'è ben frequentata la villa di Mondello? Avrei dovuto permettere che vivesse lì?».

«E la casa di Via Belmonte? Nemmeno quella è sicura? Da ieri, a quanto pare, non c'è nessuno, che pericolo avrebbe corso lì?».

«Non si sa mai..., cosa ti devo dire Viola? Per rimanere nel campo dell'imponderabile, ti dico che una sorta di sesto senso mi fa sospettare della contessa e dei suoi amici, anche se la Settimo non la conosco personalmente. Penso di aver agito con saggezza nel mettere in salvo la ragazza».

«Ragazza! A quarant'anni ancora ragazza la chiami?».

«Lasciamo perdere, Viola, ho altre cose più serie a cui pensare e anche tu le hai, le gatte da pelare. Non dicevi che avremmo dovuto riflettere e analizzare, stamattina? E, allora, piantala con Adele!».

Le fece una carezza sul viso, chiuse gli occhi e si immerse nei suoi pensieri, continuando a fumare. Era l'una quando arrivarono a Cefalù. Viola aveva posteggiato sulla discesa Paramuro. Appena fuori dall'auto, una raffica di vento caldo e umido, si stampò violentemente sulle loro facce, spingendoli all'indietro, tanto che, per non cadere, dovettero reggersi a vicenda, restando fermi per qualche minuto. Dal fondo della strada, avanzavano grandi polveroni gialli, girando mulinelli di sabbia, dalla vicina spiaggia.

«Quello che ci ha colpiti sulla faccia era il libeccio».

Disse il commissario, che s'era portato dietro il registro nero della contessa.

«Lo riconosco perché è umido e, se non fa lo stronzo, dovrebbe portare l'acqua da qui a stasera o, tutt'al più, domani mattina».

«Ma non c'è scirocco, da tre giorni?».

«Sì, per due giorni è stato solo lui a comandare, poi, stamattina, all'alba, s'è messo anche il libeccio, e così tutti e due fanno il diavolo a quattro! Per tutto il lunghissimo litorale, le onde si gonfiavano alte, svettando in cima le creste bianchissime di strani galli smargiassi. Finito il lungomare, presero Via Vittorio Emanuele, dove, a metà percorso, si apre, sulla sinistra, il lavatoio medievale.

«Entriamo?».

Chiese il commissario.

«Non è qui che dobbiamo andare adesso. Poi, magari, al ritorno, ci facciamo una capatina. Ma perché, Ignazio, appena risolto questo caso, non ce ne veniamo qui, a Cefalù, per riprenderci di corpo e di spirito?»».

Io e te?»».

«Sì, tre giorni di ferie, insieme. Qualcosa in contrario?»».

«Ti dispiacerebbe portare con noi Adele?»».

Viola lo guardò stranita.

«Non essere troglodita. Viola! Io riuscirei a dormire tra voi due senza nemmeno alzare un dito!»».

«Un dito!»».

Disse divertita la Paterna.

«No, non sono una troglodita, conosco la bontà delle tue intenzioni, tranquillo! Porteremo con noi anche Adele!»».

Alla fine della strada si ritrovarono sulla piazzetta del Porto vecchio. Anche lì, come sulla spiaggia di Aspra, avevano tirato tutte le barche in secca. Sulla riva, la risacca aveva gettato ogni specie di oggetti, dai legni, alle conchiglie, ai copertoni d'auto, ai pesci morti. Svoltarono a destra su via Bordonaro. A metà strada, presero lo slargo di Piazza Crispi, dove, attaccate l'una l'altra e addossate al Bastione Marchiafava, stanno le chiese di San Giovanni Evangelista e di Santa Maria dell'Odigitria. L'atmosfera della piazza, ai piedi del bastione, è sottile, dilatata su impronte mistiche e dolorose. Il negato accesso alle donne, in quello spazio, è caduto nei secoli, ma una forza muliebre tramuta ancora l'aria in germe di nuovi sortilegi.

«Senti l'energia che c'è qui, Ignazio?».

«In questo posto? Non capisco, Viola.».

«Non c'è nulla da capire, qui si sente un'energia particolare, come a Firenze, su Ponte Vecchio, o ad Amsterdam, lungo i canali, specialmente la sera, quando le luci vi si riflettono dentro, o in certi campi etruschi di Volterra. Ricordo di averne parlato con te, al ritorno dai miei viaggi, subito dopo esserci separati».

«Brutto periodo per tutti e due».

«È un periodo della nostra vita. Senza di te mi sono sentita persa e ho cominciato a viaggiare; tutto sommato è stata una bella esperienza. Poi, me ne sono andata via definitivamente, a lavorare al Nord. Risultato: mi sono rinforzata le ossa e ho cominciato a pensarti senza rancore».

Il commissario le passò il braccio libero sulle spalle, mentre con l'altro stringeva il registro nero, che sen-

tiva sempre più pesante, più oscuro. Salirono la scaletta che portava al belvedere del bastione, a strapiombo sul mare, e fu come salire la scaletta di un'a-
stronave sospesa sul cielo, un'astronave che si fosse
fermata lì, per un motivo misterioso. Viola si appoggiò al parapetto, girò lo sguardo da ogni parte e da
ogni parte non vide altro che il mare. Un mare che
s'indovinava profondo, un mare quasi nero, un mare
segreto su antri e gorghi occulti, dove si scontravano
le forze dei vulcani sommersi, sulle rotte degli ultimi
ciclopi.

«Quando torno a Cefalù…».

Disse Viola».

«Quando torno a Cefalù…, sento prendermi da una
specie di sortilegio; cerco le sue atmosfere impene-
trabili, mi avventuro nei tratti di mare inaccessibili,
quelli sotto il faro, quelli di Presidiana…, questo territorio lo trovo più misterico degli altri che ho visita-
to».

«Ricordo i resoconti emozionali sui tuoi pellegrinag-
gi».

«Bravo. Ricordi che ti parlavo dell'anima delle città?».

«Come no? Dicevi che Roma è un'anima non ancora del tutto redenta, parlavi dell'energia creativa di Firenze...».

«Insomma, qualcosa ricordi! E di Cefalù, di questo bastione, delle due chiese sulla piazzetta, di questo mare, che ne pensi?».

«Anche per uno come me, uno terra terra, pedestre, voglio dire...».

«Continua, organizza il tuo pensiero, fammi una frase completa, dai!».

«Beh, anche per me, questa città ha una marcia in più, una di quelle cose che non mi so spiegare, la trovo completa in ogni sua parte, ecco!».

«E anche se non tutte le parti sono buone e sane, tutte insieme, raggiungono una perfetta armonia, come una musica, vero? Secondo me».

Continuò la Paterna.

«Questo è un posto fatto per perdersi e ritrovarsi, nel bene e nel male. Vieni sediamoci qui, sul gradino, dammi il registro nero della contessa, sfogliamolo insieme».

Sul registro c'erano delle date a partire dal 1989, fino al 2009. Vent'anni. Circa 100 date in tutto, la media di cinque date per ogni anno. Accanto a qualche data, c'era una piccola croce. Si misero a sfogliare insieme il registro nero, curiosi di svelare i segreti che nascondeva in ogni data, in ogni piccola croce, ma, dopo un'ora, ne uscirono sconfitti; non una parola che avesse potuto dir loro qualcosa. In quel registro c'erano solo date e qualche piccola croce vicino ad alcune di esse: in vent'anni, soltanto sette piccole croci nere, a partire dal 2005, dove se ne ritrova soltanto una, nessuna nel 2006, tre nel 2007 e quattro ad aprile del 2008. L'ultima croce era stata segnata, appunto, il 20 aprile del 2008.

«Pensi che queste date possano rivelarsi utili per le nostre indagini?».

Disse il commissario con un accento di delusione nella voce. Si sentiva stanco, il sudore gli aveva attaccato al corpo i pantaloni e la camicia, un rivolo di sudore gli correva lungo la schiena e gli stava venendo anche mal di testa.

«Non so, Ignazio, non c'è nessuna data relativa al 22 e 23 maggio 2009. Le date si fermano al 20 aprile del 2008, con accanto la croce. È un bel rompicapo. Vedi, io non posso dire, francamente, di credere al paranormale e roba simile, non ho mai avuto esperienze extrasensoriali, tranne che sentire dentro, delle sensazioni più o meno forti, in un posto particolare, come ti ho già detto. Tutto finisce qui. E non ho nessuna curiosità in merito. Però, non mi sento di negare nessuna credenza..., non si può negare il fascino esercitato dal mondo occulto, ma proprio perché occulto, per screditarlo bisognerebbe portare una tesi chiara e inoppugnabile..., e non ce l'ho».

«Io sono un poliziotto, Viola, e tu sei un magistrato. Noi cerchiamo i criminali per farli processare e condannare. Questa volta, siamo inciampati su qualcosa che sfugge alla regola del concreto, del tangibile, dell'evidente..., eppure ho idea che il mondo occulto ci entri solo di striscio, e che troveremo la verità dentro il mondo reale. Ma, oggi, se voglio continuare a lavorare, devo subito prendere qualcosa per il mal di testa»

«Le farmacie riaprono alle quattro. Devi pazientare un'ora. Nel frattempo, andiamo a mangiare qualcosa e, magari, dopo, non avrai più bisogno della pillola per l'emicrania».

«Non ho fame, ho solo sete..., non voglio mangiare nulla».

«Basta così! Seguimi e non te ne pentirai!».

Esclamò Viola, decidendo anche per lui. Lasciarono il bastione Marchiafava con un giapponese al centro del belvedere, tra le alte lingue di fuoco dello shurhùq, un fazzoletto bianco legato sulla testa, un sorriso rapito e sereno sul viso di porcellana gialla. Viola e il commissario scesero per via Bordonaro e, a metà strada, entrarono sotto un arco di pietra che portava dentro una specie di bassa galleria, molto lunga e buia, dove l'aria, quasi fresca, sapeva di alghe e di zolfo. I due camminarono abbassando un po' la testa per circa 20 metri, poi svoltarono a sinistra, dove la galleria si piegava a gomito. Proseguirono per altri 10 metri e, raggiunta l'uscita, si ritrovarono sugli scogli neri, una specie di dirupo che scendeva a precipizio sul mare. Viola faceva strada. Andava spedita come se quel percorso le fosse stato molto familiare, infatti, disse a voce alta, per superare il rumore del vento e del mare:

«Qui vengo spesso, Ignazio, anche da sola!».

«E quando non sei sola...».

Urlò il commissario.

«Con chi sei?».

«Dipende..., ma, , stai zitto e concentrati, perché dobbiamo fare un saltino!».

Il saltino era un breve spazio di circa settanta centimetri tra uno scoglio e l'altro, ma sotto c'era il mare, agitato come un folle in delirio, strepitante, quasi nero sotto la cappa cinerea del cielo. Il commissario si fermò dietro le spalle di Viola e vi si tenne, appoggiandosi con una mano. Si sentì sorpreso da un senso di paura per quel mare minaccioso sotto di lui, per quell'acqua nera che si alzava in onde tanto alte da bagnargli il viso; respirò l'aria salmastra e infuocata, trattenendola il più a lungo possibile dentro ai polmoni, nella speranza di calmare quell'inspiegabile timore che gli faceva tremare le mani. Viola si accorse del disagio dell'uomo e sorrise, gli prese la mano che lui le teneva sulla sua spalla e si girò a guardarlo, cercando di mettere i piedi ben fermi sullo scoglio puntuto.

«Vedi, Ignazio, la paura ci prende anche quando siamo sicuri di poterla fronteggiare con disinvoltura: questo è l'ignoto, il segreto, l'occulto. Bisogna che la mente razionale e quella emozionale raggiungano un equilibrio, una sorta di compromesso. Se mettiamo un piede in fallo, cadiamo di sotto e potremmo farci molto male, potremmo anche annegare con questo mare in burrasca. Tra l'altro, proprio in questo punto qui, si forma un gorgo pazzesco».

«È necessario saltare?».

Disse il commissario, con la voce incerta.

«E se mettiamo un piede in fallo? Ascolta, non c'è un'altra strada...».

Ma mettere un piede in fallo è quasi impossibile, lo rincuorò Viola. Lo spazio da saltare è limitato, vedi? Solo la paura potrebbe farci cadere. La paura rende fragili, fa star male, ci fa tremare e ci confonde le idee.

«Infatti, ti confesso, che ho paura..., sarà il mal di testa, non so…».

«La paura ci fa diventare più cauti nell'affrontare il pericolo. Non devi distogliere completamente la tua mente emotiva da questo senso di timore, che ti fa apparire il mare, sotto di te, come un misterioso nemico, affascinante e oscuro, pronto a ghermirti. La vita diventa come un sacco vuoto, quando dai spazio solo alla mente razionale. Penso che dovremmo raggiungere questo equilibrio per venire a capo dei misteri della Vucciria».

Viola gli lasciò la mano e saltò sullo scoglio di fronte. Ignazio la guardò vedendola come mai l'aveva vista prima d'allora: la tunica di seta bianca, bagnata, le aderiva al corpo, il vento la faceva vacillare pericolosamente, mentre lei sorrideva serena, tendendogli una mano per aiutarlo a raggiungerla. Lui prese quella mano e chiuse gli occhi, saltando, mentre un'onda più alta li investì in pieno nascondendoli dentro la cresta bianchissima. Bagnati fino all'osso del collo, si avventurarono sugli scogli per alcuni metri. Quando avvistarono il muro incalcinato del ristorante, i loro vestiti si erano già asciugati. Un ragazzo a torso nudo, riconobbe Viola.

«Dottoressa, sempre dal mare, arriva!».

E rise, porgendole una mano per aiutarla a salire sul ponticello di legno, che portava ad una porticina secondaria del locale. Appena entrati furono avvolti da un clima rilassante e gradevole. Le imposte erano chiuse, ma dentro la sala vasta, in penombra, si creavano delle correnti d'aria fresca attraverso dei grandi fori chiusi da grate di ferro, che davano sugli scogli. L'atmosfera era del tipo lounge, con tavoli bassi sistemati davanti a divani e poltrone in tela grezza, molto comodi e freschi. La filodiffusione era stata sintonizzata su una stazione che trasmetteva musica anni cinquanta, soprattutto tanghi argentini. Mangiarono in silenzio del pesce alla griglia e un'insalata di fave e calamaretti. Qualche bicchiere di vino bianco gelato li confortò della mattinata pesante e quasi infruttuosa.

«Devo farti un piccolo riassunto di quanto mi hanno dichiarato i partecipanti alla seduta spiritica di Mondello, mentre tu perlustravi la villa. Posso cominciare?».

«Sì, ma mettiamoci fuori, dove possiamo fumare».

La veranda a vetri, sporgeva sulla distesa di scogli neri. Da due riquadri aperti sul tetto, entrava un caldo abbastanza sopportabile. Il commissario accese il suo sigaro e si dispose ad ascoltare quel resoconto che gli ripugnava, già prima di conoscerne il contenuto. Sentiva una sorta di avversione contro quella gente viscida che gli sfuggiva di mano, contro i loro misteri e i loro intrighi, che lo confondevano.

«Allora, ascolta...».

Cominciò la dottoressa Paterna, accendendosi una sigaretta.

«Ho iniziato col chiedere le generalità al medico-politico candidato alle elezioni. Mi ha fatto subito grossi nomi, come per pararsi il culo da mie inopportune domande. Mi ha detto di non conoscere personalmente nessuno della congrega spiritica, dove vige la regola che nessuno conosce nessuno, nemmeno i nomi di battesimo. Quando si riuniscono, lo fanno attraverso un passaparola non meglio identificato. Mi ha informato che lui partecipa da un paio di anni a questi incontri e che lo fa per mettersi in contatto con l'anima della moglie, morta tragicamente durante un volo per Basilea, dove si recava a trovare la madre: l'aereo precipitò e non si salvarono che pochi passeggeri. Lui rimase solo. Non ha figli né parenti stretti. È molto ricco e, secondo me, sessualmente, sta sull'altra sponda. Il commissario sorrise con ironia, ricevendosi da Viola un'occhiataccia.

«Ecco chi è il vero troglodita: un cretino che si crede normale!».

«Sarei io il cretino, eccetera?».

«Basta così. Per secondo ho interrogato il giardiniere della villa, Luca Rinaldi. È una specie di cane fedele a oltranza: guai a parlar male della contessa! Mi ha detto che è solo anche lui, mai sposato, nessun parente prossimo. Vive in villa da trent'anni, come la governante Lorella Bondì. Sono tutti e due coetanei della Settimo-Papi. La Bondì ha avuto una crisi isterica e mi ha mandato un paio di volte a farmi fottere. Non sono riuscita a farla parlare nemmeno con le minacce di inquisirla d'ufficio. Il La Corte mi ha fatto una corte sfacciata, volgare e ripugnante. Ma s'è lasciata scappare una frase che reputo importante: "la contessa aveva cambiato medium, e finalmente le sedute venivano bene!" ha detto. Gli ho chiesto da quando e mi ha risposto, senza esitazione: "ad aprile dell'anno scorso." Ti ricordi, Ignazio, che le date sul registro nero, si fermavano ad aprile 2008? Dobbiamo lavorare su questa data e scoprire con chi, la contessa avesse sostituito la medium e, soprattutto, chi fosse la medium scaricata».

«Ottimo».

Fece il commissario, molto interessato all'argomento.

«Adesso andiamo. Voglio vedere una persona che potrebbe aiutarci a saperne di più sui ritiri spirituali della contessa».

«Usciamo dalla porta principale, quella che dà sulla strada, voglio dire?».

«Ma sì, non temere, non ti farò più saltare sugli scogli!».

Capitolo Diciassettesimo

La dottoressa Paterna e il commissario Patania, dopo circa quindici minuti di strada a piedi, raggiunsero, immersi dentro il sudore degli abiti oramai appiccicati addosso, un vicoletto senza nome, una sorta d'intercapedine tra due palazzi antichi, alla cui fine si alzava un grande arco dorato che non portava da nessuna parte, infatti dietro il magnifico arco qualcuno aveva alzato un muro con mattonelle in terracotta. Si fermarono davanti ad un portoncino, sul quale Viola batté tre volte col palmo della mano. Venne ad aprire un vecchio basso, magro, con pochi ciuffi di capelli rossi, sparpagliati sul cranio lucido di sudore. L'uomo portava un grosso occhiale nero con vetri spessi sopra un naso lungo e gibboso.

«Viola!».

Esclamò sorpreso.

«Sono esattamente due mesi che non ti fai vedere!».

Poi, indicò, con lo sguardo curioso, il commissario.

«È un tuo amico?».

«Sì, è Ignazio Patania, un mio collega e un caro amico».

281

L'uomo li invitò a salire per raggiungere il suo appartamento. La scaletta era ripida con gli scalini altissimi in pietra rossa. Dopo due rampe di quella scala, arrivarono, col fiatone, in una stanzetta con un grande oblò da dove si scorgeva il porto vecchio.

«Volete un caffè? Lo faccio in due minuti con la macchinetta».

Senza aspettare risposta, sparì dietro una tenda a fiori. Dopo qualche minuto, riapparve con tre tazzine di caffè che offrì agli ospiti.

«Vedi, Viola...».

Disse, rivolto alla Paterna, con un grande sorriso.

«Anche se ho i bicchierini di plastica, io nella macchinetta ci metto le tazzine di porcellana. La plastica non la uso per i cibi, faccio bene, vero? Se mangio nella plastica mi sento un barbone!».

Fai bene, Stella».

Lo rassicurò la Paterna, mentre il commissario, nel sentire quel vezzoso nome femminile, rimase di stucco, con la tazzina a mezz'aria. Bevvero il caffè, guardando fuori dall'oblò il vento che alzava la sabbia della spiaggia insieme a strisce lunghe di alghe nere, piccoli sassi, cartacce sporche. Tutto annegava in una luce gialla, polverosa, luminescente. Le barche stavano a pancia in giù, lontane dalla riva, ancorate con grosse funi agli anelli di ferro ancorati sul muro del bastione.

«Stasera cambierà il tempo».

Fece l'uomo, aggiustandosi il grosso occhiale sul naso.

«Lo scirocco cadrà e il libeccio lo seguirà a ruota. Dovrebbe piovere verso le sette di sera, massimo le otto. Avremo un temporale sulla costa, un forte temporale..., poi tutto tornerà normale!».

Dopo un attimo di riflessione, aggiunse:

«Siete in macchina, vero? Perché in moto sarebbe impossibile, stasera, avventurarsi fino a Palermo!».

«Scusa, Stella, perché dovremmo essere in moto? Ho mai avuto una moto, io?».

L'uomo indicò, ancora con lo sguardo, il commissario.

«Ah, dici lui? Sì, lui cammina in moto, ma adesso siamo con la mia macchina».

«Cosa volevi sapere, Viola?»

«Ti dice niente questo nome: Valentina Settimo-Papi, è una contessa...»

283

L'uomo la interruppe, lo sguardo sognante dietro i vetri spessi dell'occhiale, le labbra dischiuse in un sorriso estatico.

«L'angelo della notte! Come no? È un amore di donna, la conosco da vent'anni..., da quando viene qui alla Rocca, a pregare!».

«Alla Rocca? Parli della montagna? Non sapevo ci fosse il ritiro del Cammino dello Spirito»

«No, che c'entra il ritiro del Cammino dello Spirito! Quello si trova sulle Madonie, vicino al Convento dove tanti anni fa andavi tu, ricordi?».

«Sì che ricordo..., e da quelle parti ce ne sta un altro..., quello dove dovrebbe trovarsi adesso la Settimo!».

«No, non adesso! Che io sappia, adesso Valentina sta alla Rocca con Aretha Hall, la sua amica del cuore, ex medium della Settimo».

«Capisco».

Buttò lì la Paterna, frenando l'agitazione di quella scoperta.

«E perché dici "ex"?».

«Ha dovuto sostituirla con un'altra medium della quale non ha mai voluto rivelare l'identità, una brava, comunque».

Il commissario ebbe uno scatto improvviso e se ne uscì in una mezza imprecazione che la Paterna bloccò sul nascere, assestandogli un piccolo calcio sulla gamba, senza farsi scorgere dall'uomo che, inconsapevolmente, stava tracciando un quadro interessantissimo, sulla strana vicenda della Vucciria. Ù

«E la medium di prima? Perché è stata messa da parte?».

«Viola, non faresti prima a chiedermi di parlarti di questo gruppo esoterico che tanto ti interessa? Cos'è successo? Qualche guaio del quale io non sono al corrente, perché, come ben sai, non leggo i giornali e non guardo la televisione?».

Ebbene sì, Stella, meriti tutto il mio rispetto, e, d'altra parte, sono qui per chiederti aiuto».

La dottoressa Paterna mise al corrente il vecchio degli avvenimenti della Vucciria.

«Di quelli che hai nominato, conosco soltanto il La Corte».

Disse il vecchio, sovrappensiero, lo sguardo incantato sulla danza folle che il vento creava sulla spiaggia.

«Una cosa ti raccomando, Viola, una cosa che mi devi promettere, qui, adesso».

«Dimmi, Stella, se è cosa che si può fare, avrai la mia parola d'onore che sarà fatta».

«Devi mettere in galera quel fottuto usuraio. Rosario La Corte, puah!».

Il vecchio sputò a terra, rosso di rabbia e madido di sudore.

«Anche a me ha spillato denaro, dodici anni fa. Per un piccolo prestito di duecentomila lire, ha preteso che gliene restituissi seicentomila, dopo sei mesi! Ma io non gli ho dato nemmeno un soldo bucato!».

«Il La Corte consideralo già dentro! Abbiamo già una persona che testimonierà sicuramente contro di lui. Ma tu, piuttosto..., sei stata brava a non restituire la somma richiesta. Come hai fatto Stella?».

«L'ho fatto spaventare a morte durante una seduta..., quel porco frequenta le sedute per avere dai morti informazioni su cose di ordine terreno, e questo non si dovrebbe fare mai!».

«Anche tu frequenti le sedute della contessa Settimo, a quanto pare»

«Lo sai che, per quanto attiene queste cose, mi cercano sempre..., sono io che non vado più da nessuna parte! Ormai si fa tutto per fini di lucro o di sesso..., è finita l'epoca dello spirito! Io non ho mai preteso una lira da nessuno e se i morti mi hanno voluto per comunicare tramite la mia energia, l'ho fatto solo per amore verso il prossimo, verso chi aspettava una parola di conforto da un parente scomparso..., ma tu sai benissimo queste cose, cara Viola mia. L'ultima amica che mi è rimasta è Valentina Settimo, il mio angelo della notte!».

«Perché "della notte"?».

«Perché, spesso, si caccia dentro al buio, capisci cosa voglio dire?».

E indicò, per la terza volta, con lo sguardo, il commissario, facendo intendere che, davanti a lui, non si sarebbe mai addentrato in particolari. Il commissario non poté più trattenersi dall'intervenire e, rivolto a quel vecchio da cui era stato sempre ignorato, disse, mostrandogli il registro nero:

«Potrebbe, gentilmente, dare un'occhiata a questo libro e dirmi cosa ne pensa?».

Il vecchio continuò ad ignorarlo. Rimase qualche minuto a guardare Viola, con uno sguardo di rimprovero. Poi, sospirò, prese il registro e cominciò a sfogliarlo.

«Cosa vuoi sapere, Viola? Il motivo delle croci nere accanto a qualche data particolare?».

Sì, ma, intanto, a cosa fanno riferimento, quelle date?».

«Segnano le sedute. Le croci, indicano quelle andate a male».

«A male, come?».

Intervenne il commissario, sperando che quell'uomo strambo, dal nome femminile, gli desse retta.

«Ascolta, Viola, non è sempre che la medium riesce a mettersi in contatto con i defunti..., bene, quelle date indicano proprio il fallimento della medium..., come vedi».

Disse il vecchio alla Paterna, scorrendo con un dito le pagine del registro:

«Qui ci sono vent'anni di pratiche esoteriche..., da quando Valentina Settimo ha iniziato il suo percorso, cioè dal 1988 fino al 2008. La medium, fin dall'inizio, è stata sempre la sua amica del cuore, Aretha Hall, un'Irlandese, conosciuta durante uno dei suoi viaggi. La Hall era una specie di perseguitata, la gente del posto l'accusava di stregoneria..., insomma, Valentina se la portò qui a Palermo e le due non si lasciarono più. La Hall non sbagliò mai una seduta, tranne che nel 2005, vedi Viola?».

L'uomo fermò il dito sulla data.

«Quella fu la prima volta, poi altre tre sedute mal condotte nel 2007 e ancora tre nel 2008, l'ultima di queste, proprio ad aprile 2008. Da allora fu sostituita con quell'altra medium, come ti ho detto poco fa, poi si vede che ha sostituito anche il registro».

Il commissario Patania non riusciva più a star seduto in disparte e, come se non bastasse, anche ignorato, ostentatamente, dall'uomo che, praticamente, si stava rivelando una fonte preziosa di informazioni.

«Viola, potresti, gentilmente, dire al tuo amico, che, stamattina, a villa Settimo, teneva banco la medium Gioia Jelacq, in compagnia del La Corte e di altre persone?».

«Lo stai dicendo già tu!».

«Sì, ma, a quanto pare, al tuo amico sono antipatico!».

Il vecchio assentì.

«È vero».

Disse.

«Preferisco parlare con te, Viola».

«Perché, Stella?».

«Verso il tuo amico trovo un blocco...,. lui non crede in niente».

«Ma non è indispensabile che creda..., lui adesso sta svolgendo il suo lavoro».

«Fa lo stesso. Io parlo con te».

«Comunque hai sentito cos'ha detto. Stamattina una certa Gioia Jelacq, sorella della defunta Bella, teneva una seduta spiritica a villa Settimo. È lei la sostituta della Hall?».

«Non lo so. Ti ho detto prima che di tutta questa combriccola della quale mi hai parlato, conosco soltanto Rosario La Corte. Certo la cosa è strana..., che io sappia, Valentina non conosceva le sorelle Jelacq..., comunque non le ho mai sentite nominare. Forse gliel'ha presentata il La Corte. Dovresti chiedere a lui oppure, direttamente alla contessa».

«Ci porti da lei, Stella? Hai detto che, probabilmente, si trova alla Rocca con la Hall».

«Questo lo posso fare. So che si trova, da ieri, a meditare dentro un tempietto, alla prima fortificazione. Che ore sono?».

«Le cinque. Ce la facciamo?».

Poi, rivolgendosi al commissario:

«Bisogna chiamare la nostra squadra, che vengano subito, non si sa mai cosa andiamo a trovare e cosa potrebbe succedere, giusto?».

Il commissario fece la telefonata: si stabilì di vedersi con gli agenti alla prima fortificazione, al più presto possibile; avrebbero avvertito non appena arrivati a Cefalù.

«Per arrivare alla Rocca...».

Disse il vecchio.

«Per arrivare alla Rocca conosco una scorciatoia, un sentiero di capre..., potremmo raggiungere il posto, dove si trovano Valentina e la sua amica, in meno di un'ora, ma dobbiamo partire subito, così torniamo con la luce del giorno. La sera non mi avventurerei mai per quelle rocce».

Il vecchio prese un lungo chiavistello, guidò i due ospiti per la scaletta ripida, e chiuse il portoncino. Appena fuori, tre gatti neri piovvero da una grondaia rotta, sulla strada, gemendo, soffiando, gridando con voce quasi umana. Il vecchio li allontanò minacciandoli col bastone che s'era portato dietro per salire l'impervio sentiero della Rocca.

Capitolo Diciottesimo

Era passata quasi un'ora da quando avevano lasciato la casa del vecchio cefalutano. Il cellulare di servizio squillò. Era la squadra del Patania.

«Commissario, abbiamo lasciato l'auto nei pressi del Duomo, adesso ci troviamo su Via dei Saraceni e stiamo iniziando la salita alla Rocca. Ci fermeremo alla prima fortificazione, come ci ha detto lei».

«Benissimo, dovete appostarvi tra i ruderi delle casermette. Noi saremo lì. Sistematevi in maniera tale, da poter intervenire se ce ne sarà bisogno».

Il vecchio fece un sorriso malinconico, poi, scosse la testa e si aggiustò l'occhiale sul naso:

«Non credo ce ne sarà bisogno».

Disse, come per convincere se stesso. Ripresero il cammino, appoggiandosi ai muri per non essere scaraventati dal vento infuocato, dentro ai tanti fossi profondi di cui era pieno quel sentiero per capre. Erano le sei e un quarto quando arrivarono ai ruderi di alcune casermette, appena superate le prime mura di fortificazione. In alto, a sovrastare e a chiudere il percorso, svettavano le vestigia del Castello di Diana. Il caldo si era fatto ancora più opprimente, il cielo sempre più basso. Un manto compatto di aria quasi marrone, nell'approssimarsi della sera, avvolgeva ogni cosa. Sulle pareti a strapiombo della montagna si scoprivano, a malapena, macchie bianche e verdi di asfodelo, radi spazi gialli di bocche di leone, cespugli di cappero e contorti fichidindia. Il vecchio si fermò davanti al rudere di una casermetta; vi entrò per uscirne dopo cinque minuti, seguito dalla contessa Valentina Settimo Papi e dalla sua amica Aretha Hall. Il commissario e Viola Paterna erano rimasti senza parola, attoniti. La contessa era una donna incantevole, non dimostrava per niente i suoi anni, i lunghi capelli biondi sfuggivano in lunghi riccioli, dallo chignon raccolto sulla nuca, gli occhi cerulei, che sfumavano sul ciclamino, erano simili agli occhi delle bambole antiche di porcellana. La donna al suo fianco era molto alta, piatta e ossuta. Una lunga ruga verticale tagliava la sua fronte sporgente in due parti uguali. I capelli crespi e rossi le davano un'aria maligna. Tutte e due le donne vestivano delle tuniche di garza rossa, ai piedi portavano sandali in cuoio nero. Girata tre volte sul collo, una sottile corda bianca con una medaglietta d'oro. Il vecchio disse che avrebbero potuto parlare all'ombra di un lastrone piatto, che sporgeva dall'alto del rudere. Il commissario azzardò:

«Non si potrebbe entrare, un attimo, dentro?».

Lui si rivolse a Viola, come aveva sempre fatto, continuando ad ignorarlo:

«Viola, dentro non c'è spazio per tutti..., d'altra parte non credo che abbiate un mandato di perquisizione per un vecchio rudere della Rocca di Cefalù!».

«L'ingresso ai ruderi è libero, lo sai bene, Stella».

disse la Paterna. Valentina Settimo si avvicinò al commissario, prendendogli inaspettatamente le mani, mentre la Hall, che si era seduta su una pietra, vicino ad un cespuglio di euforbia, si mise a piangere in silenzio, tenendo la testa sulle ginocchia.

«Commissario Patania, ho ricevuto una telefonata al mio cellulare, stamattina. Il giardiniere di Mondello, Luca Rinaldi, mi diceva che era arrivata la polizia con un mandato di perquisizione per la Villa. Ho detto di lasciar fare alla giustizia il suo corso. Ho fatto bene?».

«Sì, certo..., d'altra parte cos'altro avrebbe potuto fare?».

«Mi sono chiesta il perché..., questo avrei potuto farlo?».

«Mi scusi, contessa…».i

Intervenne la Paterna.

«Mi vuol dire che lei è ancora all'oscuro di quello che è capitato lunedì e martedì di questa settimana, in Via Argenteria Vecchia, 35, dove abitava sua figlia Adele?».

«Io so soltanto che mia figlia Adele, lunedì, è stata alla villa di Mondello, che ci ha dormito e che martedì è andata a casa, in via Belmonte, dove ha trovato Aretha soltanto, perché io ero fuori a fare acquisti».

«A fare acquisti, appunto».

Riprese la dottoressa Paterna.

«Acquisti in vista della partenza per Cefalù, dove lei e la signora Hall, sareste andate in ritiro spirituale. Mi dica, contessa, è questa la sede del Cammino dello Spirito, dove si sarebbe svolto il vostro ritiro?».

«No, certamente! La nostra sede è sulle Madonie, ma abbiamo preferito passare prima da qui, per meditare in solitudine».

La contessa Settimo strinse le mani del commissario, invitandolo a sedere vicino a lei, su una specie di gradino, dove erano stati tracciati strani segni con un pennarello nero.

«Sediamo qui, se non le dispiace, alla mia età, con questo caldo atroce e l'emozione e il digiuno...».

«Perché sta digiunando, contessa?».

Chiese il Patania.

«È la prassi...»

Poi, rivolgendosi alla Paterna:

«Lei è qui in veste...?».

«Sono il magistrato cui è stato affidato il caso dei due omicidi della Vucciria. Visto che non sa di cosa si tratta, vuole che gliene parli io?».

«A questo punto, debbo pensare che crediate ci possa entrare io, in questi omicidi..., altrimenti perché avreste perquisito la mia villa?».

«Signora Settimo...».

Disse la Paterna, senza nascondere l'antipatia immediata che aveva provato per quella donna glaciale e bellissima.

«Il 22 maggio, lunedì scorso, in Via Argenteria vecchia, 35, è stata uccisa una certa Bella Jelacq, la cui sorella, Gioia, stamattina partecipava come medium, ad una seduta spiritica nella sua villa di Mondello, durante la nostra perquisizione. Martedì 23, una delle due coinquiline di sua figlia Adele, Marzia Bonafede veniva trovava annegata dentro la vasca da bagno. In questa faccenda c'è una specie di motivo conduttore: le sedute spiritiche, la lettura delle carte e roba simile. Lei si interessa di spiritismo. Potrebbe aiutarci a vedere più chiaro in questa faccenda. Stiamo soltanto seguendo una pista. Cosa mi dice signora?»

La contessa scoppiò in un pianto disperato, prese a tremare e a scuotere la testa, come in preda ad una crisi isterica. Il commissario l'aiutò ad alzarsi dallo scalino, le accarezzò i capelli, il viso, cercando di calmarla. Provava per quella donna un sentimento di pietà, che non riusciva a spiegarsi. La Hall, si alzò anche lei e corse in aiuto dell'amica, abbracciandola forte.

«Perché piangi sulla sorte di Bella? Basta, ti prego, Valentina, con queste menzogne! Hai dovuto ucciderla per compiere quello che gli Spiriti ti avevano ordinato!».

Le disse, tra i singhiozzi.

«Perché pensi ancora a lei?».

La contessa girò lo sguardo sull'amica, con un'espressione incredula e terrorizzata.

«Non l'ho uccisa io...».

Mormorò, con un filo di voce.

«Tu avevi capito che quella puttana non fosse veramente la medium che voleva far credere..., addirittura la più grande medium che tu avessi mai conosciuta!».

«Lo era».

Disse la contessa, singhiozzando. Valentina Settimo si avvicinò al muro della casermetta, vi passò un dito sopra, come ad accarezzarlo, poi vi sbatté sopra un pugno, ferendosi la mano, che cominciò a sanguinare copiosamente.

«Soltanto tu potevi ucciderla!».

Gridò rivolta all'amica.

«Ttu che la odiavi perché l'avevo messa al tuo posto!»

«Ah».

Fece la dottoressa Viola.

«Lei, contessa, aveva sostituito la signora Aretha Hall con Bella Jelacq..., e da quando, se posso chiederglielo?».

«Da qualche tempo».

Disse Valentina Settimo, come se ad un tratto, fosse divenuta estranea a tutto quello che le si svolgeva intorno. Smise di piangere, si ravviò i capelli e trovò perfino un sorriso da dedicare alla Paterna.

«Perché me lo chiede?».

Il commissario le mostrò il registro nero, lo aprì sull'ultima pagina, gliela segnò con un dito.

«Dal 20 aprile del 2008, vero?».

«Ma dove ha preso quel registro?».

Esclamò la contessa ridendo e fingendosi scandalizzata.

«Ah, sì..., la perquisizione a Mondello..., ma cosa vi interessa se ho sostituito la medium?».

E rise ancora, nervosamente. Poi si calmò, si ravviò per la seconda volta i capelli, sorrise serenamente alla Paterna e al commissario.

«Può darsi che la sostituzione della medium, per noi, si riveli del tutto inutile, ma, intanto, ce ne può spiegare il motivo?».

«È proprio necessario?».

«È indispensabile..., finge ancora di non capire, signora Settimo?».

Disse rudemente il Pm.

«Mi ha sostituita perché, in fondo, è un'ingrata!».

Mormorò, come se parlasse a se stessa, la Hall.

«Poi si è accorta del raggiro, ha saputo che Ornella era, in realtà, una prostituta, e si è vendicata, uccidendola»

«Io non ho ucciso Ornella!».

Esclamò, sorridendo, la contessa.

«Forse l'hai uccisa tu, o forse Marzia, ah, no! Anche Marzia è morta! Ma quando è morta Marzia, prima o dopo Ornella?».

Poi, cambiando voce ed espressione, disse rudemente:

«Ti ho sostituita perché, per ben sette sedute, hai finto di parlare con la voce di mio marito..., e io non ti ho mai perdonato quell'ignobile tradimento!».

La Hall la prese tra le braccia, si mise a cullarla dolcemente, come per rassicurarla.

«Cara, cara la mia Valentina..., ti sei sempre sbagliata, è stata quell'infame donnaccia a metterti in testa la storia del tradimento. Maledetto il giorno in cui l'hai incontrata! È stato un diabolico gioco del destino. Cara, cara la mia Valentina!».

La contessa si liberò dall'abbraccio con violenza e, guardando la Hall diritto negli occhi, gridò con una furia inaudita:

«Ti sei presa gioco di me e soprattutto hai oltraggiato la nostra spiritualità, il nostro culto! Avrei dovuto cacciarti via, subito. Rispedirti tra quei quattro gatti Irlandesi, da dove ti avevano anche cacciata via per i tuoi misfatti, dove sola e disperata, volevi gettarti dalle scogliere di Moher..., quello sì che è stato un diabolico gioco del destino!».

Rimase per un istante senza fiato, madida di sudore. Guardò il sangue che scorreva dalla mano ferita e, solo allora, sembrò accorgersene. Si passò la mano sul viso, sul collo, come a volersi rinfrescare la pelle, tornò a sorridere calma.

«I tuoi misfatti, Aretha..., ricordi cosa dicevano di te?».

«Basta, contessa! Adesso deve dire a me, di quali misfatti s'era macchiata la sua amica!». Saltò su la dottoressa Paterna, infastidita dal modo di fare pazzesco delle due donne. La Hall si trasformò ad un tratto: si fece livida in viso, sbarrò gli occhi e contorse le mani, un filo di bava cominciò a scorrerle da un angolo della bocca, la sua voce si fece acuta, a tratti perfino lacerante.

«Mi hanno sempre perseguitata, perché sono nata diversa, con poteri che perfino tu, Valentina, ignori! Mi hai usata per vent'anni e poi mi hai gettata via come uno straccio vecchio, hai messo la mia stessa vita in pericolo, hai sempre saputo che soffro di epilessia e te nei sei fregata al punto di mandarmi in coma per due giorni, ricordi? Sei stata imperdonabile, eppure non ti ho mai abbandonata al tuo destino, non ti ho lasciata da sola in mano a quella puttana della Jelacq e a quell'altra scriteriata della Bonafede, la tua nuova protetta, quell'imbecille che si spacciava per sensitiva e altro non era che una furba ragazzina che si prostituiva per denaro...».

La dottoressa Paterna fermò, con un gesto della mano, il delirio della Hall.

«Un attimo, signora Hall».

disse, sforzandosi di calmare la rabbia che le montava dentro. Cercò di prenderla con buone maniere, dandole l'impressione di stare dalla sua parte.

«Potrebbe dirmi come mai la sua amica Valentina ha conosciuto Bella Jelacq e Marzia Bonafede?».

L'Irlandese si avviò verso un costone di roccia a strapiombo sul mare, si chinò a raccogliere delle piccole margherite selvatiche e ne fece un mazzetto che porse alla Paterna.

«Grazie per la comprensione»

Disse con voce carezzevole. Il commissario seguiva le due donne, pronto ad intervenire se Viola si fosse trovata in pericolo. Da dietro le rovine delle casermette poteva vedere gli agenti nascosti tra una macchia di fichidindia. Il vecchio cefalutano e la contessa erano rimasti sotto il lastrone del rudere, fermi, attoniti, come bloccati dentro un incantesimo, nello shurhùq, che sibilava tra le rocce, sputando lava e cenere dalle sue cento bocche di fuoco. Aretha Hall vacillò pericolosamente ad una raffica di vento che la investì in pieno, sul petto, ma era come se non realizzasse cosa stesse accadendo e dove si trovasse. Il suo sguardo fissava un punto lontano, oltre il mare, oltre le isole inghiottite dalla caligine, oltre il tempo, da dove arrivavano i personaggi che tanto aveva amato, gli Spiriti vestiti di damasco e merletti, i visi dipinti di rosa e d'azzurro, la Luna foriera di tradimenti e segreti, le Stelle che le avevano segnato il doloroso destino, gli Amanti sognanti nel dubbio eterno della scelta definitiva..., l'Arcano che aveva più amato!

«Un malefico gioco del destino...».

Disse Aretha Hall, con una voce che non era più la sua, una voce roca e sgarbata, simile alla voce di un uomo rozzo, ubriaco, volgare.

«Valentina non s'è mai occupata di sua figlia Adele, tanto che quella stupida ragazza è andata a vivere da sola, con due buone a nulla, la Bonafede e la Manzù»

Dalla gola della donna venne fuori una risata da trivio che fece accapponare la pelle della Paterna e del commissario.

«Un giorno di quattro anni fa, chissà come e perché – continuò l'Irlandese, sghignazzando – a Valentina saltò su l'idea di controllare dove abitasse la figlia, che tipo di ambiente frequentasse, e, così, andammo a trovarla. La figlia non era in casa, stavamo per andare via, quando, alle nostre spalle, sopraggiunse Bella Jelacq, che rincasava col suo orribile cane».

Scoppiò in un'altra risata acuta e aspra. All'improvviso, prese la mano della Paterna e si avviò correndo, in direzione del precipizio. Il commissario fu pronto ad afferrarla per un braccio. La tirò, con tutta la forza di cui fu capace, verso una sorta di grotta che si apriva a qualche metro dal dirupo, poi la sbatté contro la parete rocciosa, frenando a malapena l'istinto di picchiarla a sangue. La Hall lo fece fare senza opporre resistenza; sembrava un fantoccio di stoffa, perfino la sua faccia aveva perso consistenza, la ruga sulla fronte era quasi scomparsa. Fece cenno alla Paterna di andarle vicino. Quando la donna le fu accanto, le sorrise e riprese il suo racconto, assente, remota, con un filo di voce da bambina, una voce che sembrava arrivare da un posto lontano.

«Valentina si fermò a fare due carezze al cane, si mise a parlare con quella puttana che, subito, ci invitò a prendere un caffè a casa sua. Alla fine, si scambiarono il numero di telefono. So che si rividero..., da quel giorno Valentina cominciò a mettermi da parte fino a che elesse Bella Jelacq sua unica medium. Sei mesi fa, quella strega portò con sé Marzia, una ragazza che si prostituiva insieme a lei, all'insaputa delle amiche e del fidanzato».

«E poi? Cosa successe? Continua Aretha, io ti credo».

Disse la Paterna, temendo che la Hall, svenisse, da un momento all'altro.

«Lorella convinse Valentina che la ragazza era indispensabile alle sedute, per la sua energia spirituale, ma era tutto uno sporco imbroglio. Spillavano denaro alla mia amica, come due vipere attaccate al suo seno!».

«Sei sicura, Aretha, che Marzia si prostituisse?».

«Sì..., le avevo ascoltate mentre litigavano..., Bella la minacciava di raccontare la verità al suo fidanzato!».

La Hall, si ripiegò su se stessa, accasciandosi al suolo. Viola Paterna le si avvicinò per darle aiuto, ma la donna era priva di sensi, fredda e rigida, come morta. Il commissario si girò verso la casermetta e vide che la contessa e il vecchio cefalutano si stavano dirigendo verso un masso squadrato dove una capra strofinava il muso, alzando belati strazianti. Si chiese da dove fosse arrivata quella bestia sofferente; pensò che stesse male a causa della calura eccessiva, quando, improvvisamente, la Hall, si rialzò, fece un balzo all'indietro verso l'animale, e gli piombò addosso con una forza inaudita. In quello stesso momento, un grosso gabbiano cadde agonizzante sul masso, con un tonfo sordo, accompagnato dalla deflagrazione di un tuono. La capra si svincolò dalle braccia di Aretha e corse via sparendo tra le rocce. La contessa e il vecchio cefalutano, tornarono sotto il lastrone della casermetta, recitando una specie di mantra, ora veloce ora lentissimo, ora sereno, ora disperato. La Hall li guardò con un'infinita malinconia.

«Cosa volete ancora da me?».

Chiese al commissario e alla Paterna. Il commissario sedette sul masso, vicino al gabbiano morto. Lo accarezzò con infinita pena. Poi, si accese un sigaro, nauseato dallo spettacolo orribile cui stava assistendo.

«Ci dica se è stata lei a uccidere le due donne».

Disse, sfinito, alla Hall.

«Vedo che fuma i miei sigari preferiti!».

Disse la donna, con la sua solita voce.

«Lei fuma i sigari? Mi vuol prendere in giro?».

«Le sembra così strano?».

Il commissario avrebbe voluto dirle che, ormai, da lei si aspettava di tutto, ma tacque e le porse un sigaro, facendola poi accendere.

«Bene».

Esclamò la donna.

«Adesso vi racconto come sono andate le cose..., tanto tutto finirà tra queste rocce!».

Il Patania lasciò perdere quella frase sibillina; aveva fretta di concludere perché si sentiva stremato. La donna, aspirando lunghe boccate, fece segno alla Paterna di sedere sul masso vicino a lei. Quando l'ebbe accanto, accarezzandole una guancia, disse:

«Tu sei una di noi, ma non ti è stata rivelata ancora la tua forza».

Poi, chiuse gli occhi e cominciò a parlare. Ancora una volta la sua voce arrivava da lontano, oltre le rocce, oltre i dirupi.

«Ho molto sofferto! Voi non potete nemmeno immaginare cosa voglia dire essere la medium della contessa Settimo! In ventanni di vita con lei, ho perso la mia energia, sono diventata debole e fragile. Poi, come vi ho detto, mi ha sostituita con due insulse bastarde. Avevo deciso, finalmente, di vendicarmi. In un primo momento, ho pensato di uccidere Adele, sua figlia, ma, poi, ho riflettuto e ho cambiato idea. In fondo, quella ragazza squinternata, è anch'essa vittima dell'egoismo della madre. È cresciuta male, da sola, messa al bando dal cuore materno, perché priva di poteri occulti e anche mezza scema. Che dolore avrei provocato a Valentina, uccidendole la figlia? Bah! forse avrebbe pianto per un giorno e, poi, si sarebbe rivolta alle due bastarde della Vucciria, per evocare la sua povera anima in una seduta spiritica. Valentina è una spregevole tiranna, niente, al di fuori del proprio ego, conta realmente per lei! Mi ha uccisa, torturandomi lentamente, e io ho sempre fatto finta di nulla, ho sempre bevuto il mio calice di veleno, sorridendo. Poi ho detto basta!».

A quel punto la donna, si alzò, andò al centro della spianata, tra i ruderi delle casermette, e credette di trovarsi al centro del suo mondo, dove mille voci giungevano fin lì dall'oltretomba, ghignanti, roche, soavi, guizzanti, come lunghi serpenti dentro lo shurhùq, che ingialliva e appassiva ogni cosa, confondendo realtà e finzione, verità e menzogne, lacrime e sorrisi, la morte e la vita. Vide mille anime correrle incontro, dentro nuvole di sudore e d'anice, dentro polvere di assenzio e cannella, aggrovigliate, distorte, evanescenti, infuocate. Lei stava al centro ed era ancora indiscussa regina. Aretha comandò alle anime e alle voci di stare ad ascoltarla, poi si lanciò in una febbricitante, esaltata, recitazione.

«Sono andata da lei, dopo aver passato un'infernale notte insonne. Quando mi ha aperto la porta, era in vestaglia, i capelli sciolti, già truccata. Teneva tra le braccia il suo adorato cagnolino. La spinsi in camera da letto. Le dissi che la consideravo soltanto una vecchia puttana senza alcun potere medianico. La accusai di aver circuito la mia migliore amica, di avermi fatto buttare via come un lurido rifiuto..., e lei rideva, sguaiata, le labbra rosse, il cagnolino tra le braccia. Fu un attimo, le strappai il cane e lo infilai in un sacchetto di plastica che avevo portato con me. Lei cominciò a piangere e a disperarsi. Le dissi che avevo deciso di dare fuoco al suo cane, quel giorno stesso. Allora, lei, imbestialita, si girò verso la foto gigantesca del padre e stava per lanciarmi un feroce anatema, quando io presi la prima cosa che mi venne a portata di mano e gliela scagliai sulla nuca. Era una coppa d'argento con la base in marmo, che raccolsi, portandola via. Bella cadde sul tappeto. Io la guardai da vicino: sembrava dormisse, sembrava in pace col mondo e altro non era stata che un'insulsa puttana bugiarda e mistificatrice. Così, per prenderla in giro, le incrociai le mani sul petto, misi il sacchetto col cane dentro il mio zaino e andai via. Lo bruciai quel giorno stesso e, poi, di notte, lo andai a buttare tra la spazzatura di piazza Garraffello, alla Vucciria: volevo che lo ritrovassero. Il pomeriggio del giorno dopo, andai da Marzia. Non avevo nessuna intenzione di ucciderla, in fondo non la temevo, era una mezza cartuccia che, senza la Jelacq alle spalle, non avrebbe più potuto darmi fastidio. La trovai che era sola, stava per fare il bagno. Le dissi di fare con comodo e che l'avrei aspettata, per parlare della tragica fine della povera Bella. Mi misi a piangere e lei mi consolò. Rimasi ad aspettare, intanto che la collera mi montava alla testa, odiavo quella ragazza, volevo spaventarla a morte ma non ucciderla. Così spinsi la porta del bagno e la vidi, bella e nuda in una nuvola di schiuma bianca. Ancora di più la detestai. Le dissi che, quel giorno stesso, avrebbe dovuto comunicare alla contessa che mai più avrebbe partecipato alle sedute spiritiche, che avrebbe dovuto confessarle di essere soltanto una piccola squallida bugiarda in cerca di soldi facili. Mi rispose con una risata che mi colpì le orecchie, la testa, fino al cuore, peggio di una fucilata. Allora, conoscendo il suo punto debole, le giurai che, prima di sera, tutto il quartiere avrebbe saputo la verità sul suo conto, e che il suo fidanzato, di conseguenza, l'avrebbe lasciata come la puttana che era. La vidi impallidire, chiudere gli occhi e scivolare lentamente sotto la schiuma bianca della vasca. Aspettai dieci minuti. La piccola vipera non riemerse. Pensai che dovesse essere annegata e andai via».

La Hall scoppiò in un pianto accorato, liberatorio, mentre dal cielo basso, quasi nero, si udì la deflagrazione di un secondo tuono, terribile, assordante. E seguirono altri tuoni, uno dietro l'altro, così che le rocce parvero tremare e fracassarsi in un solo boato interminabile. Alcune gocce d'acqua, fangose, cominciarono a cadere. Il commissario si guardò in giro per cercare un riparo e chiamò Viola, urlando per superare il rombo dei tuoni. Fu un attimo: vide due sagome rosse rincorrersi nel vento. Una delle due stringeva tra le braccia, la dottoressa Paterna. Continuarono ad inseguirsi correndo all'impazzata, a spingersi con violenza, a cadere, a rialzarsi per rincorrersi ancora, mentre Viola gridava che la salvassero, disperata. Gli agenti si precipitarono verso le donne, spararono in aria, nel tentativo di spaventarle, il commissario si unì a loro, ma le due donne erano, ormai, come invasate. Raggiunsero più volte il bordo del precipizio. Uno dei tre agenti, il Finizio, si lanciò sulla Hall che teneva stretta la Paterna, ma quella lo respinse violentemente facendolo cadere. L'agente, nel tentativo di fermarle, sparò basso colpendola ad una caviglia. La Hall si accasciò al suolo, poi, rialzatasi, sanguinante, corse verso la Settimo e la spinse oltre il baratro. Si udì un tonfo e poi un altro. Aretha, si era lanciata giù dalla parete a strapiombo sul mare, per raggiungere la sua amica. Tutto intorno, si sentì soltanto il rombo dei tuoni e la pioggia che si faceva impetuosa. Il vecchio cefalutano prese la mano di Viola Paterna e disse piano:

«Andiamo».

Il giallo shurhùq cadeva insieme al libeccio, rotolando, lentamente, giù per i costoni e i declivi della montagna, mentre su Cefalù scendeva la sera.

Indice

Edizioni Lulu
Finito di stampare 24 luglio 2019